SVLTO

Die Seniorenresidenz Hill Topp hat wahnsinnig viel zu bieten: einmal die Woche trockenen Sherry, Ausflüge zum Flamingo auf den lokalen Bauernhof und einen Hausmeister, der nicht nur Fenster putzt, sondern auch sexuelle Dienste für alle Geschlechter anbietet. Zähne, Perücken und Gesprächsfäden gehen regelmäßig verloren oder werden in wilde Tauschgeschäfte verwickelt. Dann greift plötzlich das Coronavirus um sich und befördert als Erstes das Personal ins Krankenhaus. Im unbeaufsichtigten Domizil bricht die Anarchie aus – und wenn es die Arthritis zulässt, wird heftig gehüpft und so manches Freudenfeuer entzündet …

Alan Bennett

See you later

Aus dem Englischen von
von Ingo Herzke

Verlag Klaus Wagenbach Berlin

Zeit totschlagen

»Hallo? Hill Topp House? Spreche ich mit Mrs McBryde?«

»Nein.«

»Mit wem spreche ich dann?«

»Mit niemandem. Audrey. Ich wohne hier.«

»Ist Mrs McBryde da?«

»Nein. Hier ist niemand. Die Tür stand offen. Ich kam gerade vorbei.«

»Vielleicht sollten Sie auflegen, damit ich eine Nachricht auf den AB sprechen kann?«

»Wir sollen eigentlich nicht ans Telefon gehen, aber ich dachte, es könnte für mich sein.«

»Nein.«

»Ich kann etwas notieren. Das konnte ich immer gut. Habe ich früher gemacht. Für Mr Firbank. Ellis und Firbank, Anwaltskanzlei an der Drummond Street. Mr Ellis ist aber jetzt tot. Mr Firbank war immer die Nummer eins. Wollten Sie ihn sprechen?«

»Nein. Ich brauche nur Informationen. Vielen Dank. Ich rufe wieder an.«

Sie legte auf.

»Hallo? Hallo?«

Ehe Audrey den Hörer auflegte, schaute sie ihn an, wie Filmfiguren es tun, Menschen im richtigen Leben aber nur selten.

Mr Woodruff stand in der Tür.

»Sie haben im Büro nichts zu suchen. Das haben wir Ihnen schon mal gesagt.«

»Ich dachte, es ist ein Notfall.«

»Und was war's?«

»Eine Frau. Sagen Sie es nicht weiter. Es hat niemand gesehen.«

»Ich habe es gesehen«, sagte Woodruff.

Mitten am Nachmittag war niemand sonst in der Nähe.

»Kommen Sie nach oben«, sagte Woodruff.

»Nein.«

»Sie wollen doch nicht, dass ich Madam sage, dass Sie ans Telefon gegangen sind. Kommen Sie nach oben.«

Sie folgte ihm.

»Ich habe es schon gesehen.«

»Dann wird es ja keine Überraschung.«

Er stellte sich hinter die Tür und knöpfte seine Hose auf.

Audrey schloss die Augen.

»Sie müssen hinschauen. Wenn Sie nicht hinschauen, zählt es nicht.«

»Da kommt jemand«, sagte Audrey. »Versprechen Sie, nichts zu sagen?«

Aber Woodruff war schon den halben Flur entlanggelaufen, während er sich die Hose zuknöpfte.

»Mrs McBryde? Mein Name ist Foss. Ich habe gestern schon angerufen.«

»Haben Sie eine Nachricht hinterlassen?«

»Nicht direkt. Ich habe mit jemandem gesprochen. Audrey, glaube ich? Sie war hilfsbereit, schien aber ein wenig verwirrt.«

Die Stimme klang gebildet und nicht alt, also unterdrückte Mrs McBryde ihre Verärgerung.

»Das tut mir leid. Ich war kurz nicht im Büro. Wie kann ich Ihnen helfen?«

Mrs Foss erkundigte sich nach freien Wohnplätzen.

»Im Augenblick gibt es keine«, sagte Mrs McBryde nicht ohne Befriedigung. »Hill Topp ist sehr beliebt.«

»Ja«, sagte die artikulierte Dame. »Ich habe viel Gutes gehört.«

»Es ist eine öffentliche Einrichtung«, sagte Mrs McBryde, »aber die Bewohner zahlen einen Zuschlag.«

»Das würde kein Problem darstellen«, sagte Mrs Foss.

»Wir haben einen Chor, und zu besonderen Anlässen gibt es ein Glas trockenen Sherry. Es ist weniger ein Seniorenheim als ein Club und auf jeden Fall eine Gemeinschaft. Wir machen regelmäßig gemeinsame Ausflüge. Erst letzte Woche waren wir auf einem Bauernhof in der Nähe, wo sie einen Flamingo haben.«

»Nur einen einzigen?«

»Das Wichtigste ist, dass der Geist beweglich bleibt. Hier in Hill Topp vegetiert niemand vor sich hin. Und die Küche ist durchaus experimentierfreudig. Vor gar nicht langer Zeit hatten wir einen norwegischen Abend.«

Mrs McBryde spulte ihre Werbepräsentation ab und recycelte dabei schamlos einen Vortrag, den sie bei einem Pflegesymposium in Ilkley gehalten hatte, wo die Erwähnung des norwegischen Abends hervorragend angekommen war. Die Bewohner hatte er seinerzeit eher verwirrt, da sie im Allgemeinen der Ansicht waren, mit geräuchertem Fisch allein ließe sich nicht viel anfangen.

»Das klingt ja ganz herrlich«, sagte Mrs Foss.

»Also, ich habe Ihre Daten«, sagte Mrs McBryde. »Gelegentlich ergibt sich auf natürliche Weise ein freier Platz. Ich setze Sie auf die Warteliste. Ach ja, und falls Sie uns postalisch erreichen wollen, denken Sie daran, dass Hill Topp mit zwei p geschrieben wird.«

Bei einem Blick durch die verglaste Eingangstür des Hill Topp House könnte man es für ein typisches Herrenhaus aus edwardianischer Zeit halten, und das war es zu Beginn tatsächlich. Am Vorabend des Ersten Weltkriegs erbaut, diente es kurze Zeit einer reichen Kaufmannsfamilie als Heim, die dann auszog, um Platz für ein Kriegsversehrtenhospital zu machen. Bei Kriegsende verwandelte es sich nicht etwa zurück in ein normales Wohnhaus, sondern in ein Schwesternheim. Dann wurde es kurz zu einer Besserungsanstalt, um im Zweiten Weltkrieg wieder als Lazarett zu dienen, und auch danach änderte der Frieden wenig, denn das Haus ging in den Besitz des neu gegründeten National Health Service über. Der Name und die erhöhte Lage machten es zu einer begehrten Adresse, während die unmittelbar benachbarte Einrichtung »Low Moor« kein bisschen begehrt war und ein ziemliches Loch darstellte. Low Moor war ein mahnendes Beispiel für die Bewohner von Hill Topp dafür, was ihnen drohte, wenn sie sich danebenbenahmen. Hill Topp war sicher nicht vollkommen, aber Low Moor war der Beweis, dass es viel schlimmer sein könnte.

»Was ich nie verstanden habe«, sagte Woodruff und manschte mit seinem Fertigpudding herum, »wenn wir erstmal so weit sind, wieso machen sie dann nicht das Gleiche mit uns wie in Afrika, nämlich einen mit dem Nötigsten ausstatten, irgendwo beiseiteschaffen und langsam wegdämmern lassen.«

Er wollte gar kein Selbstgespräch führen, tat es aber praktisch, denn die wenigen Heimbewohner, die wach waren, hörten ihm nicht zu, und wer doch zuhörte, war größtenteils taub.

»Sie wissen wohl nicht, was Sie da reden. Wir leben nicht mehr in Lehmhütten, darum«, sagte die Pflegerin Zulema. »Wenn ich nach Hause fahre, sind da bloß Hochhäuser. Ne Lehmhütte hab ich noch nie gesehen. Als Mrs Porteous mich gefragt hat, aus welchem Teil von Afrika ich komme, habe ich ›Peckham‹ gesagt, und sie fand das frech. Sind Sie fertig?«

Sie meinte damit nicht seinen Monolog, sondern sein Essenstablett, wo sich der geronnene Saft des Putenhacks mit dem Puddingrest vermengte. Woodruff hielt eine schützende Hand über sein Tablett und deutete damit an, dass er in dieser unappetitlichen Mischung noch Potential sah, womit er Zulemas Absicht konterkarierte, den Aufenthaltsraum aufzuräumen, bevor wieder ein langer, schleimröchelnder Nachmittag begann.

Nach dem, was Mrs McBryde gern »das Mittagsmahl« nannte, stand der monatliche Heimbesuch des Fußpflegers Mr Jimson an, der gerade mit dem Handstaubsauger die dünnen Fußnagelstreifen von Miss Halliwell beseitigte, die so braun waren, als wäre sie Kettenraucherin.

»Wären Sie berühmt, Margaret«, sagte Mr Jimson beim Saugen, »könnte ich die für gutes Geld auf eBay verkaufen.«

Miss Halliwell hatte keine Ahnung, was eBay war, und nickte fröhlich. »Oder«, fuhr Mr Jimson fort, »wenn Sie eine Heilige wären« – ein weiterer ausgelutschter

Konversationsschnipsel –, »stellten diese Fußnägel Reliquien dar.«

Er ging weiter zu Mr Woodruff. »Heilige?«, fragte Woodruff. »Der Heilige bin ich, weil ich es in diesem Laden aushalte. Sie hat doch hoffentlich nicht mehr diese Warze? Ich möchte nicht, dass Sie mir mit verunreinigten Instrumenten auch eine anhängen.«

»Nein, von der haben wir uns verabschiedet, nicht wahr, Margaret? Von Ihrer Warze, meine Liebe. Allerdings sollte man die bescheidene Warze nicht schlechtreden«, sagte Jimson und sprühte Woodruffs Füße vorbereitend ein. »Sie hat eine Menge Fußpfleger vor dem Bankrott gerettet, und viele sensible Jungen vor den Leibesübungen oder dem Sportunterricht, wie man heute sagt.«

»Ich war selbst ein sensibler Junge«, sagte Woodruff, »aber da bin ich rausgewachsen. Ich habe mich noch nie gern ausgezogen. Wollte nicht, dass irgendwer meinen Schniedel sieht. Inzwischen ist es mir egal. Wobei ihn sowieso keiner sieht. Stinken sie?«

»Nicht sonderlich«, sagte Mr Jimson und sprühte noch einmal drauf. »Ältere Füße stinken selten. Fußgeruch begegnet einem öfter in der Jugend. Alte Füße sind trocken. Sie haben die Füße eines 40-Jährigen.« So wie der Verkauf abgeschnittener Fußnägel auf eBay war auch dieses unaufrichtige Kompliment ein Dauerbrenner seines fußpflegerischen Smalltalks. »Gegen das Besprühen habe ich gar nichts«, sagte Woodruff. »Aber Waschen, das schwächt.« Das hatte er auch schon beim letzten Mal gesagt. Wenn Wiederholungen verboten wären, würde kaum noch überhaupt etwas gesagt werden, erst recht nicht in geriatrischen Kreisen.

»Um Bäder«, sagte Woodruff, »mache ich einen weiten Bogen. Die kommen immer rein. Sie sehen einen gern nackig.«

»Nein«, sagte Jimson.

»Doch«, sagte Woodruff.

»Es sind Krankenschwestern«, sagte Jimson. »Das sind Profis.«

»Da liegen Sie ganz falsch«, sagte Woodruff. »Erstmal sind das gar keine Schwestern. Das sind bloß Mädel, und die sind ganz süchtig danach, ihre Freunde nackig zu sehen.«

Mr Jimson wählte wie üblich den Mittelweg.

»Manche von ihnen vielleicht.«

»Alle. Sieht man doch im Fernsehen. Und die Bilder behalten sie auf ihren Handys. In dem Alter hatte mich noch niemand nackig gesehen. Und ich auch niemanden, erst in der Armee. Ich war schüchtern. Ich war in Dünkirchen, und ich war schüchtern.«

»Ich wusste gar nicht, dass Sie in Dünkirchen waren«, log Mr Jimson. (Das war eine regelmäßig verbreitete Unwahrheit – der alte Mann wäre damals fünf gewesen.) »Wie war es?«

»Wie Morecambe«, sagte Woodruff, »abgesehen von den Schüssen. Sehr flach. Allerdings kriegt man keinen Orden, wenn man nach Morecambe fährt. Sollte man aber, wenn ich mir überlege, was ich da schon erlebt habe.«

Jimson räumte seine Sachen zusammen.

»Ich habe zu Füßen unzähliger Frauen gekniet«, sagte er – auch so eine Bemerkung, die zuverlässig wiederverwendet wurde. »Auch von Männern.«

»Mehr Frauen als Männern, möchte ich wetten«, sagte Woodruff, »wegen der albernen Schuhe, die sie tragen. Wer war das noch, die zig Paar Schuhe hatte?«

»Die Queen?«, sagte Jimson ohne Überzeugung.

»Nein. Ausländerin.«

»Die Queen hatte sicher gesunde Füße«, sagte Jimson, »wo sie doch immer so viel stehen musste.«

»Imelda Marcos«, sagte Woodruff. »Sie war mal im Radio bei *Desert Island Discs.*«

Der ältesten Bewohnerin von Hill Topp oder, wie Mrs McBryde es gerne ausdrückte, dem ältesten Mitglied der Hill-Topp-Gemeinschaft, Miss Elizabeth Rathbone, wurde keine Behandlung von Mr Jimson zuteil, und zwar nicht des Alters wegen, sondern »weil ich nie gern an mir habe herumfummeln lassen«. Woodruff behauptete, der Älteste zu sein, eine Aussage, die zu bestreiten Miss Rathbone gar keinen Bedarf hatte, und als sie an diesem Nachmittag über ihrem Puzzle brütete, kreisten ihre Gedanken zufällig auch um die Queen und ihre Krönung.

»Der kleine Kerl, der die Krone hielt, der war Schuldirektor«, sagte sie zu Phyllis, die unerschütterlich strickte. »Repton oder Rossall, eins von diesen Internaten. Bevor er dann Erzbischof wurde.«

»War er nicht derjenige, der Prinzessin Margaret erledigt hat?«, fragte Phyllis. »Ich mochte den, der nach ihm kam: großer, kräftiger Kerl, sah ein bisschen aus wie Gott und fuhr Fahrrad.«

»Ich wünschte nur, ich kriegte das Bein des Duke of Edinburgh zu fassen«, sagte Miss Rathbone und suchte den Tisch ab. »Viel Blau mit ein bisschen Lila.« Phyllis strickte weiter.

Mrs McBryde prahlte gern damit, dass Hill Topp einen ummauerten Garten besäße, aber Mr Peckover, der einen großen Teil seines Tages dort verbrachte, konnte mit solchen Anmaßungen nichts anfangen.

»Es gibt eine Mauer, und es gibt einen Garten. Das heißt nicht, dass es ein ummauerter Garten ist.« Es gab außerdem ein Gewächshaus, bei dem jede einzelne Scheibe gewissenhaft eingeschlagen worden war, während der Spargel hier und dort einen Trieb aus dem Boden schob, den abzuernten Mr Peckover sich nicht berufen sah. Außerdem fanden sich regelmäßig Präservative, die Mr Peckover still und heimlich beisetzte. An diesem Nachmittag jedoch war er auf etwas Bedeutendes gestoßen: einen verbeulten Messingbecher, an dem ein Stück Kette hing, alles schmutzverkrustet wie Peckover selbst. Von der Haustür rief Mrs McBryde herüber.

»Mr Peckover, haben Sie Bedarf am Fußpfleger?«

»Heute nicht, danke. Ich glaube, ich habe gerade den Heiligen Gral gefunden.«

»Bringen Sie ihn bloß nicht rein!«, rief Mrs McBryde. »Waschen Sie ihn erstmal.«

»Ich bin eigentlich durch«, sagte Mr Jimson. »Nur Mrs Vokes fehlt mir noch.«

»Violet? Die wird sich sicher hingelegt haben«, sagte Mrs McBryde. »Sie gönnt ihrem Herzschrittmacher gern mal eine kleine Pause. Ich sage ihr Bescheid.«

Auf ihr Klopfen reagierte niemand.

»Das sieht Ihnen gar nicht ähnlich, Violet«, sagte Mrs McBryde.

Sah es auch nicht, denn Mrs Vokes hatte in Vorbereitung auf Mr Jimson bereits die Strumpfhose ausgezogen und lag mit nackten Beinen auf dem Bett, doch ihr leerer Blick verriet: Sie war jenseits aller fußpflegerischen Bemühungen. Mrs McBryde, das Deodorant stets zur Hand, betrachtete die Szenerie einen Augenblick, schickte einen mahnenden Sprühstoß ins Zimmer und steckte Mrs Voke's reizenden Reisewecker in die Schürzentasche. Sie ging zurück zum Fußpfleger.

»Sie wird sich heute nicht die Füße machen lassen.«

»Ach nein?«, fragte Mr Jimson. »Das sieht ihr gar nicht ähnlich. Normalerweise lackiere ich ihr die Fußnägel. Sie mag Grün.«

»Das werde ich weitergeben«, sagte Mrs McBryde. »Vielleicht können sie es aus Respekt auch so machen.«

Ein erschütterter Mr Jimson ging die Auffahrt hinunter, während Mrs McBryde das Bestattungsinstitut Grimshaw's anrief und danach, obwohl das keine Eile hatte, den Arzt.

Jetzt ist Mrs McBryde in ihrem Büro und bringt ihren Ordner mit den Einzelheiten zu Mrs Voke's unerwartetem Ableben auf den neuesten Stand. Ihr Vorname war Violet, ein irgendwie unterwürfiger Name, heute nicht mehr häufig in Gebrauch. Als Mrs McBryde ins Pflegegeschäft einstieg, hatten Namen noch ein gewisses Gewicht, und als sie im Ordner zurückblätterte, stieß sie auf einen Ambrose, einen Desmond, eine Winifred – neben den üblichen Janets und Mabels. Gelegentlich gab es noch eine Gladys, von denen die Letzte auf den tödlichen Steinplatten vor Hill Topps Eingang ausgerutscht und danach an Lungenentzündung gestorben war. Es hatte auch Josephs gegeben, doch heutzutage begegnete sie diesem Namen nur noch bei Kindern, die ihre Großeltern besuchten – der Name erlebte einen zweiten Frühling. Darauf wird man bei Gladys sicher noch lange warten, dachte sie. Letzte Woche hatte sich jemand namens Charlene bei Mrs McBryde bewerben wollen. Keine Chance. Wie sie Zulema erklärt hatte: Die Charlenes dieser Welt gehörten nach Low Moor. Ihr erster Kevin konnte sich nicht einmal die Schuhe zubinden. Als aus Mrs Foss' Brief ersichtlich wurde, dass ihr Vorname Amelia lautete, trug sie dies sogleich an einigen Kandidatinnen vorbei auf der Warteliste nach vorn.

Mrs Vokes' Abgang verschob einen anderen, nämlich Audreys Herabstufung nach Low Moor. Abgesehen davon machte sich ihr Fehlen kaum bemerkbar. »Ich werde ihre Zehennägel vermissen«, sagte Woodruff, dem gleichzeitig bewusst war, dass Mrs Vokes' Ableben eine Gelegenheit bot. Die Zimmer in Hill Topp unterschieden sich kaum. Manche hatten größere Fenster, was die Zimmer im Sommer wärmer, im Winter kälter werden ließ, aber nicht alle hatten Waschbecken. Die verstorbene Dame mit den smaragdenen Zehen hatte über diese Annehmlichkeit verfügt, Woodruff jedoch nicht, und nachdem er so manchen Wintermorgen über den eiskalten Flur zum Waschraum gehuscht war, träumte er von einer eigenen Waschgelegenheit. Noch vor der Beerdigung hatte er darum einen Antrag auf Zimmerwechsel gestellt, musste jedoch von Mrs McBryde hören, dass Vokes' Zimmer schon vergeben war. »Es ist bereits zugeteilt.«

Das war zwar nicht der Fall, aber die Leitung hatte ihre besonderen Gründe, es nicht Woodruff oder einem anderen Vertreter des männlichen Geschlechts zu geben. Die Erfahrung hatte Mrs McBryde gelehrt, dass selbst beim anständigsten Herrn ein Waschbecken über kurz oder lang als Urinal Verwendung fände, wonach dann das ganze Zimmer, wenn nicht der ganze Flur roch. Als man dies früheren Bewerbern auseinandergesetzt hatte, hatten sie leidenschaftlich beteuert, niemals Waschbecken zu missbrauchen, doch Mrs McBryde blieb hart. Das Zimmer war nur für Frauen vorgesehen. Und zufällig hatte sie da schon jemanden im Auge, die wohlartikulierte Mrs Foss, die schon wieder angerufen hatte und für die Waschgelegenheit extra zahlen würde.

Obgleich eine Trauerfeier, war Mrs Vokes' Beerdigung ganz und gar nicht trübselig. Schließlich war es ein Ausflug mit dem Kleinbus des örtlichen Transportunternehmens, der sonst hauptsächlich für Junggesellen- oder Junggesellinnenabschiede gemietet wurde, wobei die Feiernden am Ende gern ihre nackten Hinterteile aus dem Fenster hielten. Ein wenig von dieser Feieratmosphäre hing noch im Fahrzeug, und hätten die aktuellen Passagiere ein johlendes *»Here we go, here we go, here we go«* angestimmt, wäre das gar nicht mal so unpassend gewesen, denn schließlich waren sie gemeinsam auf dem Weg zum Krematorium – zwar diesmal wegen Mrs Vokes, aber sie konnten alle damit rechnen, diese Reise in nicht allzu ferner Zukunft selbst anzutreten.

Bei den Insassen von Hill Topp führte jeder Anblick der Außenwelt zu Kopfschütteln. »Das war früher die High School«, sagte Miss Rathbone. »Ich habe da mal unterrichtet. Jetzt alles Wohnungen. Kriminell.«

»Die Kleingärten sind auch weg«, sagte Phyllis. »Da hatten sie Hühner. Und eine Ziege.«

Im Krematorium angekommen verlief die Zeremonie kurz, gehetzt gar. Pfarrer Lumley fand nicht viel zu sagen über Mrs Vokes, und das Wenige, was es zu sagen gab, ließ er weg, auf jeden Fall ihre Zehennägel, die für einige Trauergäste ihr einziges Kennzeichen waren. Seine Worte wurden nicht etwa schweigend aufgenommen, denn die Abordnung von Hill Topp – die einzigen Trauergäste – war von keinerlei Trauergefühl getrübt und sah keinen Grund, nicht zu schwatzen. Mr Dyson ergriff die Gelegenheit, sich an das Krematoriumsklavier zu setzen, ein Stutzflügel, auf dem er Sindings *Frühlingsrauschen* klimperte, ein Lieblingsstück von Vokes, wie er behauptete, und die Trauergemeinde sang mit dünnen Stimmen das Kirchenlied *The Day Thou Gavest.* Phyllis hatte ihr Strickzeug mitgebracht, während Miss Rathbone sich gerade an einem entscheidenden Punkt bei dem Puzzle von Yeames' Gemälde *And When Did You Last See Your Father?* befand und deswegen am liebsten gar nicht mitgekommen wäre. Im Bus hatte Woodruff Pfarrer Lumley überreden können, dass er ein besonders enger Freund der Verblichenen gewesen sei und sie sich bestimmt gewünscht hätte, dass er den Knopf drückte, der den Sarg sanft durch den letzten Vorhang gleiten ließ. Und natürlich konnte ihn niemand hindern, auch den Knopf daneben zu drücken, der ihn wieder zurückholte, bevor Pfarrer Lumley (»Das ist kein Spielzeug.«) die Kontrolle übernahm und Mrs Vokes zur letzten Ruhe sandte. Der Pfarrer erschlich sich außerdem die Rückfahrt nach Hill Topp unter dem Vorwand, für spirituellen Beistand und Beratung zur Verfügung zu stehen, falls die jemand benötigte. Das war jedoch nicht der Fall, und die Tasse lauwarmen Tees, die Zulema für die kummerverzehrten Trauernden bereithielt, entsprach ganz und gar nicht dem üppigen Leichenschmaus, den er erhofft hatte.

»Rüpel«, sagte die Krematoriumsangestellte, als sie den Gladiolen frisches Wasser gab. »Da wären Jugendliche ja respektvoller.«

»Das liegt am Alter«, sagte der Hausmeister. »Rentner. Die glauben, ihnen gehört die Welt.«

Mrs McBryde verstand sich nicht gut mit dem Pfarrer, wie überhaupt mit keinem Geistlichen. Allzu oft hielten sie es für ihre Pflicht, die Bewohner zu erinnern, dass ihnen nicht mehr viel Zeit auf dieser Erde blieb, während sie es immer hilfreich gefunden hatte, wenn sie das vergaßen. Ohne Betreuung durch die Heimleitung fiel Pfarrer Lumley so Mr Woodruff in die Hände.

»Setzen Sie sich, Pfarrer. Setzen Sie sich. Vielleicht können Sie mir helfen.«

Niemand sonst sprach mit ihm, also nahm der Pfarrer argwöhnisch Platz.

»Aber gern, mein Sohn. Sie müssen sich einfach sagen, dass unsere Schwester jetzt an einem besseren Ort ist.«

»Viel schlimmer als hier könnte es auch nicht sein«, sagte Woodruff. »Wie dem auch sei, angesichts des Zustands der Kirche nehme ich an, dass auch Sie schon mal sexuellem Missbrauch begegnet sind.«

»Persönlich nicht«, sagte der Pfarrer und spürte, wie die Falle zuschnappte. »Ich glaube, das ist eher bei unseren römisch-katholischen Brüdern verbreitet.«

»Ach, wirklich?«, fragte Woodruff. »Ich dachte, ihr seid alle dabei. Ich hatte mir Berichte aus erster Hand erhofft. Überrascht mich übrigens nicht, bei der Menge an Weihrauch, die da immer durch die Luft wabert. Euer Verein ist jedenfalls genauso schlimm, ihr lasst es ja sogar Frauen machen.«

»Was machen?«

»Gottesdienst halten. Ich glaube allerdings, mir ist sowas bei den Pfadfindern zugestoßen. Befummelt. Belästigt. Ausgenutzt.«

»Das muss schon lange her sein«, sagte der Geistliche. »Ich würde das vergessen.«

»Wie soll ich es vergessen«, sagte Woodruff, »wenn ich mich gar nicht erinnern kann? Vielleicht bin ich fürs Leben gezeichnet. Dafür muss ich doch irgendwen zur Rechenschaft ziehen können.«

»Wenn es tatsächlich zu Übergriffen gekommen ist«, sagte der Pfarrer verzweifelt, »kann ich bestimmt jemanden auftreiben, der sich entschuldigt und womöglich einer wohltätigen Organisation Ihrer Wahl etwas spendet.«

»Im Augenblick bin ich selbst die Organisation meiner Wahl.«

»Wenn es hilft«, sagte der Pfarrer, »kann ich auf jeden Fall für Sie beten, allerdings habe ich um fünf schon die nächste Beerdigung.« Er wollte Woodruff die Hand tätscheln, besann sich dann aber eines Besseren, schenkte ihm lediglich ein müdes Lächeln und eilte davon.

War gar kein schlechter Tag, dachte Woodruff. Sie hatten einen Ausflug mit dem Kleinbus gemacht. Er hatte Mrs Vokes ins Jenseits geschickt und den Pfarrer in die Mangel genommen. Das Leben war noch lebenswert. Sicher, er trauerte um das Waschbecken, aber es wurde ein Neuzugang erwartet, der womöglich das Becken mit ihm teilen würde.

Der Pfarrer hatte gelogen. Es gab keine zweite Beerdigung, aber als Lumley hektisch unter Vorspiegelung falscher Tatsachen das Weite suchte, wurde er von einer Zeremonie ganz anderer Art aufgehalten – einer Prozession, angeführt von Zulema, die eine Waschschüssel, Handtücher und Shampoo vor sich her trug, gefolgt von einer Anhängerschar und schließlich der in Gewänder gehüllten imposanten Gestalt Glorias. Gloria konnte für sich beanspruchen, die glamouröseste Bewohnerin von Hill Topp zu sein. Das verdankte sie ihren Haaren, die, wie sie häufig betonte, noch nie geschnitten worden waren und auf denen sie infolgedessen sitzen konnte, wie sie nur zu gern demonstrierte. Einst blond, war es heute weiß, doch immer noch voll und wallend und machte Gloria zu einer prächtigen Vorstadtsphinx. Ihre Haare wurden einmal wöchentlich in einer Gemeinschaftsaktion gewaschen. Zulema leitete das Geschehen, das sonst vielleicht eher eine Dienstpflicht gewesen wäre, sich durch Glorias Selbstinszenierung aber in eine Zeremonie und ein Privileg wandelte. Gloria war auch außerhalb des Heims gefragt, trat mit ihrem mächtig aufgetürmten Haar bei lokalen Gemeindeveranstaltungen auf und war ein beliebter Hingucker bei Handwerkermärkten. Sie war nicht direkt ein Freak, aber posierte gern für Selfies und durchschnitt gegen ein kleines Entgelt das Eröffnungsband eines neuen Friseursalons, wobei das Honorar an eine wohltätige Einrichtung mit Haarbezug ging.

Zum Haarewaschen eingeladen zu werden hieß, auserwählt zu sein, und diese Jünger bildeten die

Nachhut der Prozession. Den Weg dieses Rituals kreuzte nun Pfarrer Lumley. Die Zeremonie selbst wurde zwar unter Zulemas Aufsicht vollzogen, doch die professionellen Kenntnisse brachte Mr Cresswell ein, der – furchtsam wie immer – dem Pfarrer den Vortritt ließ. »Schritt halten«, mahnte Zulema, »sonst wird das Wasser eiskalt.«

Es hieß zwar, dass Miss Rathbone früher im Ausland gereist sei, doch galt Mr Cresswell als kosmopolitischster Bewohner Hill Topps. Das stimmte nicht ganz. Mr Cresswell war ein schlichter, bescheidener Mann und hatte mit einem kleinen Friseurladen in Morley angefangen, den er »Salon« nannte. Er glaubte selbst nicht recht an diese Bezeichnung, ebenso wenig wie seine Kunden. Er blieb »der Friseur« und wurde von schickeren Etablissements deklassiert, denen nachzueifern Cresswell das Temperament fehlte: Wenn es mit seinem Geschäft nicht recht voranging, so lag das daran, dass Cresswell, obwohl Junggeselle, nicht flamboyant genug sein oder zumindest auftreten konnte. Selbst sein geniales Namensschild, *Scissor's Palace*, half kaum weiter und musste den weniger kultivierten Kunden zudem erklärt werden. Cresswell entschloss sich also zu einem dramatischen Karriereschritt, verkaufte seinen Salon und wurde Friseur auf Kreuzfahrtschiffen, wo die Kundschaft hauptsächlich aus älteren Menschen bestand, die keinen Gefallen an sexueller Ambiguität oder Extravaganz fanden, zu der Mr Cresswell (Clive) von Natur aus unfähig war. Sicher, seine Arbeit führte ihn um die ganze Welt, doch da seine Salons meist tief im Bauch der Schiffe lagen, hatte er nur sehr wenig davon gesehen. Er hatte den

Globus tatsächlich zwei Mal umrundet und die Weltwunder abgehakt, allerdings hieß das, den Tadsch Mahal nach einem Vormittag voller uraltem Grind zu betrachten, und die prägnanten Rufe der Händler, die das Schiff in der Karibik umlagerten, gingen im Dröhnen des Föhns unter. Obwohl seine berufliche Laufbahn nicht sonderlich einträglich gewesen war, weil er nicht flamboyant genug sein oder spielen konnte, war Mr Cresswell jetzt im Ruhestand doch froh und zufrieden als Betreuer von Glorias Haar. Zulema wusch, Mr Cresswell frisierte und föhnte, und Gloria war dankbar.

Woodruff hatte Mrs McBryde natürlich alles erzählt, und Audrey durfte, wie es die Regeln verlangten, noch ihre Version vortragen, ehe sie den Hügel hinunter nach Low Moor geschickt wurde. Es gab im Grunde nicht viel zu sagen, das meiste sagte Mrs McBryde, und abgesehen von Audreys unerlaubtem Telefongespräch tauchte nur noch ein einziger kaum relevanter Fakt auf, nämlich dass Woodruff nicht zum ersten Mal versucht hatte, Audrey seinen Schniedel zu zeigen. Das besiegelte ihr Schicksal mehr als alles andere, doch es brachte auch Woodruff in Bedrängnis und machte eine weitere Vorladung ins Büro notwendig.

»Sie wohnen am längsten von allen bei uns. Vor Ihnen liegt ein runder Geburtstag. Ich dachte, ich könne mich auf Sie verlassen. Ich dachte, Sie wären mein Freund.«

»Ich weiß. Bin ich auch.«

»Und was sollte das, ihn Audrey zu zeigen? Sie weiß doch sowieso nicht, was das bedeuten soll.«

»Ich habe mir bloß die Zeit vertrieben. Die Nachmittage werden richtig lang hier.«

Woodruff hatte sie immer auf dem Laufenden gehalten, wenngleich nur bis zu einem gewissen Grad. Dennoch konnte Mrs McBryde es sich nicht leisten, ihn als ihr Auge und Ohr im Wohnheim zu verlieren.

»Ich muss das in Ihrer Akte vermerken, falls es erneut vorkommen sollte.«

»Wird es nicht.«

»Das werden Sie vergessen. Sie wollen doch nicht ebenfalls nach Low Moor umziehen, oder?«

Und mit diesem Gedanken ließ sie ihn allein.

Weshalb Woodruff, der normalerweise gut schlief, nachts um drei wach lag und laut rief: »Ich will nicht nach Low Moor.«

Sein ganzes Leben lang hatte es ein Low Moor gegeben. Schon in der Grundschule, die in den ersten Kriegsjahren noch nett und freundlich gewesen war, hatte es immer die Drohung mit Armley Park gegeben, einer wilden staatlichen Schule mit männlichen Lehrern und großen, ungezogenen Jungs. Dem war er durch die Evakuierung entkommen, aber die nächste Bedrohung kam Jahre später mit dem Militärdienst im York and Lancaster Regiment. Das hatte sich als halb so schlimm erwiesen, sogar ganz bequem, die einzige Gefahr lag in der möglichen Versetzung zum Duke of Wellington's Regiment, das im Koreakrieg eingesetzt werden sollte. Und als er anfing, für die Stadtverwaltung zu arbeiten, gab es immer die Möglichkeit, in der Abteilung Abfallverwertung zu landen. Sein ganzes Leben war er von unmittelbarer Herabstufung bedroht gewesen. Das Leben war im Grunde wie das Leiterspiel.

Auch wenn seine Entblößungen heutzutage nicht mehr ganz so geschmeidig und elegant wie früher vonstattengingen, betrachtete Woodruff sie als therapeutische Maßnahmen, denn er hatte irgendwo gelesen (sicher nicht im Gemeindeblatt), dass ältere Mitbürger gehalten waren, ihren eher ungehörigen Neigungen fleißig nachzugeben, denn alles, was den Puls ein wenig in die Höhe trieb, war nicht zu verachten. Gemeint war damit zwar eher Selbstbefriedigung, doch für Woodruff fiel Selbstentblößung in die gleiche Kategorie, denn die erhöhte seinen Puls und war daher zu begrüßen. Es gab jedoch ein Problem: Dank seiner gelegentlichen Inkontinenz war Woodruff mit »so einem Plastikdings« ausgestattet worden, wie er es nannte. Wollte er heute seinen Penis finden, musste er erst eine Weile danach forschen. Und das war nicht recht, das sah er ein. Auch für Exhibitionismus gab es eine Etikette. Es durfte nicht unbeholfen vor sich gehen. Und er freute sich schon auf den Neuzugang.

Mrs McBryde klopfte mit einem silbernen Serviettenring, einer Hinterlassenschaft des ehemaligen Optikers Mr Mountford, auf den Klavierdeckel.

»So, liebe Jungen und Mädchen. Lasst alles stehen und liegen und lernt eine neue Freundin kennen. Dies ist Mrs Foss.«

»Oh, bitte: Amelia«, sagte die Neue.

»Amelia«, sagte Mrs McBryde. »Wir hatten noch keine Amelia, oder?«

»Doch«, sagte Mrs Lightowler. »Mrs Briscoe, die auf der Treppe gestürzt ist, hieß mit zweitem Vornamen Amelia.«

»War das die Übergewichtige?«, fragte eine andere Stimme.

»Nein. Sie denken an Mrs Jessop.«

»Können Sie Querflöte spielen?«, fragte Mr Dyson. »Mir fehlt noch eine Flötistin.«

»Da muss ich Sie leider enttäuschen«, sagte Mrs Foss. »Aber ich würde es sehr gern lernen.«

»Dafür ist es wohl ein bisschen spät«, sagte Dyson. »Nie spielt jemand Querflöte.« Er setzte seine Kopfhörer wieder auf.

»Verstehen Sie etwas von Archäologie?«, fragte Mr Peckover schüchterner.

»Mr Peckover steht auf alte Sachen«, sagte Mrs McBryde.

»Ich habe Stonehenge besucht«, sagte Mrs Foss, die weiter um Sympathie buhlte. »Das ist aber schon Jahre her.«

»Wird sich nicht viel verändert haben«, sagte Woodruff.

»Ich habe ein kleines Museum«, sagte Peckover. »*Objets trouvés*. Manche Menschen würden es vielleicht ein Kuriositätenkabinett nennen.«

»Andere Menschen würden es vielleicht einen Haufen alten Schrott nennen«, sagte Woodruff.

»Mr Dyson träumt von einem Quartett«, sagte Mrs McBryde. »Allerdings ist er der Einzige, der ein Instrument spielt.«

»Gott sei dank«, sagte Woodruff.

»Das ist das Schöne am Stricken«, sagte Phyllis. »Es ist still. Und man braucht niemanden sonst. Bloß Wolle.«

»Gilt für Puzzeln auch«, sagte Miss Rathbone, wobei jede Idiotin stricken kann (was sie aber nicht sagte).

Am nächsten Tag lauerte Woodruff Mrs Foss auf.

»Würden Sie mich heiraten?«

»Ich kenne Sie doch gar nicht«, sagte Mrs Foss.

»Ich habe nicht gefragt, ob Sie *wollen*, sondern ob Sie *würden*, wenn alle Bedingungen stimmen.«

»Was für Bedingungen?«

»Mein Körper beispielsweise. Der müsste Ihnen zusagen.«

»Würde er nicht.«

»Woher wollen Sie das wissen? Sie haben ihn noch nicht gesehen. Das ließe sich arrangieren. Sind Sie nicht neugierig?«

»Nein. Ich war in der St John's Ambulance Brigade.«

»Sie kennen noch nicht mal meinen Namen.«

»Woodruff.«

»Meinen Vornamen. Ich heiße Frank.«

»So kann ich Sie nicht nennen.«

»Warum nicht?«

»So hieß mein Mann. Ich mochte den Namen nicht. Ich dachte, ich müsste Frank nie wieder hören.«

»Sind Sie sicher, dass Sie für Hill Topp schon alt genug sind?«, fragte Woodruff. »Was hat denn eine kultivierte Frau wie Sie an einem solchen Ort zu suchen?«

»Hat sie die Sehenswürdigkeit schon gezeigt bekommen?«, fragte Miss Rathbone.

»Gib ihm etwas Zeit«, sagte Phyllis. »Sie ist doch erst fünf Minuten hier. Was haben wir heute?«

»Die Queen, die einen Reifen wechselt«, sagte Miss Rathbone. »Das war im Krieg, da war sie noch Princess Elizabeth.«

»Und sie war beim Militär, im ATS«, sagte Phyllis. »Als sie Königin wurde, hat das jemand für sie erledigt.«

»Lesen Sie und Können Sie lesen sind zwei verschiedene Fragen.« Woodruff blieb bei Mrs Foss hartnäckig. »*Krieg und Frieden* ist vielleicht eine Antwort auf die erste Frage, und ›Herren bitte die Brille hochklappen‹ auf die zweite. Rauchen Sie?«

»Nein.«

»Ich auch nicht. Da haben wir also schon etwas gemeinsam.«

Mrs McBryde hegte sowohl gegen den Tod als auch gegen das Rauchen Aversionen, und während sie gegen Ersteres nicht viel tun konnte, konnte sie das Zweite immerhin so unbequem wie möglich machen. Auch das Fernsehen verabscheute sie, weshalb Raucher und Fernsehfreunde gemeinsam von ihr in den kältesten Raum des Hauses verbannt wurden, der euphemistisch Bibliothek genannt wurde und dessen Fenster stets offenstanden, um den Mief abziehen zu lassen.

Die meisten Bewohner von Hill Topp waren mit einem iPad ausgestattet und zogen es vor, darauf im komfortablen Aufenthaltsraum fernzusehen (wenn sie ihr Gerät nicht verlegt hatten). Miss Rathbone rauchte nicht, hielt aber iPads für eine vorübergehende Modeerscheinung. Und solange auf dem Fernsehschirm keine Puzzlebilder auftauchten, zog es Miss Rathbone nicht in die Bibliothek. Sie war zwar eine Leserin, aber in dieser Bibliothek gab es keine Bücher.

Über die überschwänglichen Zuschreibungen der meisten von Mr Peckovers Fundstücken wurde so reichlich gescherzt, dass er inzwischen seine Begeisterung nur noch vorsichtig teilte. Wenn ein anderer Hausbewohner höfliches Interesse zeigte, war er rührend dankbar, so auch bei Mrs Foss.

»Dies habe ich gestern gefunden«, sagte Peckover und zeigte ihr einen Messingaschenbecher aus der Zeit, als Hill Topp ein Schwesternheim war.

»Es handelt sich um einen mittelalterlichen Opferteller, möglicherweise aus einer Kapelle, die vormals an diesem Ort stand.«

Mrs Foss drückte angemessenes Erstaunen aus.

»Dieses Bündel alter Rohrstöcke ist ebenfalls interessant. Das Schlachtfeld von Towton liegt praktisch nebenan. Das dürften Ersatzbogen sein, von der York-Armee in Reserve gehalten. Sind offenbar nicht gebraucht worden, weshalb sie hier landeten.« Mrs Foss betastete sie nachdenklich. »Und noch etwas aus Towton, das Fragment einer Lancaster-Rüstung, sehen Sie, wie die Rundung an den Körper angepasst ist?«

»Wohl eher an eine Karosserie angepasst. Stammt von einer Schrottkarre.«

Das war Woodruff, der Peckover mit Mrs Foss plaudern gesehen hatte und nach draußen kam, um am Gespräch teilzuhaben. Ein respektvoller Ton lag ihm nicht. »Towton scheint mir ein sehr dehnbares Schlachtfeld zu sein. Wir sind hier fünfzig Kilometer weit weg. Haben Sie auch Gliedschirme?« Peckover lächelte entschuldigend in Mrs Foss' Richtung, nahm seine Opferschale und sein Rüstungsteil und stolperte zurück ins Haus.

»Das war nicht sehr freundlich«, sagte Mrs Foss.

»Ich bin nicht freundlich«, sagte Woodruff. »Ich bin ehrlich.«

»Das ist eben seine kleine Schwärmerei. Haben Sie keine Steckenpferde?«

»Ich bin ja nicht bescheuert«, sagte Woodruff. »Towton. Als Nächstes kommt noch die Somme.«

»Was haben Sie denn gemacht?«

»Im Leben?«, fragte Woodruff.

»Ist das hier kein Leben?«

»Für mich nicht. Ich bin der älteste Bewohner.«

»Hat man mir schon erzählt.«

Die Unterhaltung war gereizt. Er mochte sie. Sie mochte ihn nicht besonders, aber sie hatte das, was ihr vom Leben noch blieb, in diese Einrichtung gesetzt, und nun musste sie das Beste daraus machen.

»Ich glaube, es ist Teezeit.«

»Dienstag«, sagte er. »Da gibt es Eccles Cakes.«

»Könnten Sie meinen Arm nehmen?«, fragte sie. »Ich brauche etwas Hilfe auf der Treppe.«

Als sie sich die Stufen hinaufmühten, sah Mrs Foss erfreut, dass ein Fensterputzer die Scheiben der Eingangstür polierte. »Ist doch schön, dass man sich um das Haus kümmert.«

»Gus?«, sagte Woodruff. »Du bist auch immer hier, oder? Du musst dich dumm und dämlich verdienen.«

Gus lächelte und wischte einfach weiter, denn er wusste, Woodruff machte das nichts aus. Er wusste, dass er erheblich zur Zufriedenheit im Haus beitrug, allerdings weniger durch Reinigung der Fenster. Durch die unwahrscheinliche (und ziemlich stattliche) Präsenz des Fensterputzers stand Sex im Haus Hill Topp nicht außer Frage. Gus war selbst ganz und gar nicht mehr jung, kein untypischer Vertreter seines Berufs und daher immer offen für zufällige Begegnungen. Dennoch war er überrascht, obschon nicht schockiert gewesen, als er auch hier, in einer Umgebung, die er für weit jenseits gehalten hätte, noch taxierende Blicke auf sich ruhen sah. Hill Topp war reichlich mit Fenstern ausgestattet, und beim Putzen der vielen Scheiben hatte Gus einen Stamm von vier oder fünf Kunden erworben, denen er weniger reinliche Dienste leistete. Derzeit bediente er vier Damen und einen Herrn. Diskretion war dabei wesentlich, und so war Schauplatz dieser Begegnungen ein ehemaliger Fahrradschuppen, der jetzt nur noch einen alten Rasenmäher beherbergte. Gus' Kundinnen und Kunde wussten voneinander, aber es gab keine festen Termine. Das war verständlich, denn die Betreffenden fühlten sich nicht immer ausreichend auf dem Damm für ein Treffen. Andere Bewohner äußerten oft ihre Erleichterung, von der Last des Geschlechtsverkehrs befreit zu sein, ohne zu ahnen, dass er im Fahrradschuppen immer noch vollzogen wurde. »Lieber Gus«, wie Mrs Porteous sagte, »das ist solch eine schöne Abwechslung zu den Trickbetrügern.« Diese Ansicht teilte auch Mr Dalrymple, dessen Ansprüche ansonsten komplizierter waren.

Selbst wenn sie absagen mussten, fand Gus' kleiner Zirkel diese Fehltritte unerwartet verjüngend. Schließlich war Sex ein Geheimnis, und Geheimnisse wirkten Wunder auf die Lebensgeister. Etwas so ernsthaft Skandalöses direkt unter den Augen der Autoritäten zu tun erforderte gute Nerven, und gute Nerven hielten jung. Wahrhaft verjüngend hätte natürlich Liebe gewirkt, aber während Mr Dalrymple diese nicht ausschloss, bewahrte Mrs Porteous selbst im schändlichen Tun einen Sinn für gesellschaftliche Stellung, weshalb Liebe für sie außer Frage stand.

Obwohl sie keine Ahnung von den Vorgängen im Fahrradschuppen hatten, waren die Bewohner ansonsten auf der Hut. Es kamen oft Dinge abhanden in Hill Topp, und es gab Streitigkeiten, die nicht weniger erbittert geführt wurden, weil es bloß um Nichtigkeiten ging. Strickjacken, Schals und privatere Accessoires wie Hörgeräte, falsche Zähne und sogar Perücken – statt einzusehen, dass ihr Verschwinden mit der Vergesslichkeit und Geistesabwesenheit alter Menschen zu tun haben könnte, zogen sie den voreiligen, aber befriedigenden Schluss, dass sie beraubt worden waren, oft genug von ihren Freunden und Nachbarn. Daher herrschte nur selten allgemeines Einvernehmen. Ständig gab es kleinliche Querelen, ständig waren Bewohner keine Freunde mehr und von der Schuld der anderen überzeugt. Private Kabbeleien, schwelender Groll, wenn auch oft durch nachlassendes Erinnerungsvermögen abgemildert. Sie zankten, vergaßen aber, mit wem. »Die ist auf Raubzug, das sage ich Ihnen. Ich hatte einen Gürtel in genau der Farbe, und jetzt trägt sie ihn. Man kann hier niemandem trauen, und ich bin überzeugt, mein Gebiss ist gar nicht meins. Die haben mir früher viel besser gepasst.« Eine langwierige Suche nach einem fehlenden Puzzleteil konnte sogar die außerordentlich vernünftige Miss Rathbone überzeugen, dass es aus reiner Bosheit entwendet worden war. Und wie ließ es sich erklären, dass eine Perücke verschüttgegangen war, wenn sie sich schließlich in einer seitlichen Sofaritze wieder anfand?

»Es ist wie bei uns selbst«, sagte Mr Raybould. »Wir sind inzwischen alle Fundsachen.«

»Ich habe ganz vergessen, wie er aussieht«, sagte Miss Halliwell.

»Wer?«

»Prince Charles.«

Auch das war etwas, was ständig verlorenging: der Gesprächsfaden.

»Warum müssen Sie das denn wissen?«

»Muss ich nicht, aber sicher ist sicher. Sie tauchen doch ständig überall auf.«

»Wer?«

»Prominente.«

»Weiß gar nicht, wieso sie sich überhaupt Gedanken macht«, sagte Phyllis. »Es weiß doch jeder.«

»Was?«

»Dass es eine Perücke ist. Was ich nie behalten kann«, sagte Phyllis unbeirrt strickend, »ist der Geburtstag meines Schwiegersohns und wo die Sickergrube ist.«

»Das fällt dir schon wieder ein«, sagte Miss Rathbone. »Inzwischen könntest du mal versuchen, einen kleinen weißen Hund zu finden. Er gehört Maria Stuart.«

Eher aus Unachtsamkeit denn aus krimineller Absicht hatte Mrs McBryde eine kleine Sammlung von Puderdöschen angehäuft. Puderdöschen waren regelmäßiger Bestandteil der Hinterlassenschaften Verstorbener, benutzt bis praktisch an den Rand des Grabes als gepflegter Mittelfinger in Richtung Sterblichkeit, und ebenso Reliquien wie die angeblichen Artefakte, die Mr Peckover irgendwo ausgrub. Angelaufen, größtenteils kitschig und nach längst verdunstetem Eau de Cologne 4711 riechend (zwei von ihnen sogar mit Monogramm-Gravur), füllten sie eine der unteren Schubladen in Mrs McBrydes Büro, und an ereignislosen Nachmittagen nahm die sie gelegentlich heraus, beroch und sortierte sie.

Mrs Foss überraschte sie eines Tages dabei und war fasziniert, aber keineswegs missbilligend. »Ich habe sie nicht an mich genommen«, versicherte Mrs

McBryde hastig. »Die sind uns einfach hinterlassen worden. Sie wollen wohl nicht zufällig eine?« Wollte Mrs Foss nicht. »Nein, heutzutage wird nicht mehr so viel gepudert. Mr Dalrymple hat sich immer die Nase gepudert, allerdings sollte das niemand wissen, dabei ist das meiste in seine Weste gerieselt.«

»Überlassen Sie die Sammlung ruhig mir«, sagte Mrs Foss. »Ich poliere sie ein bisschen auf. Vielleicht interessiert sich jemand dafür. Sonst noch irgendwelche Schätze?«

»Ich habe noch so die eine oder andere Kleinigkeit«, sagte Mrs McBryde und zog einen abgestoßenen Koffer hervor, ebenfalls eine Hinterlassenschaft eines längst verstorbenen Bewohners. »Die Leute lassen alles Mögliche zurück. Diese Krawattennadel ist ganz hübsch. Ich muss die Sachen aufheben«, erklärte sie, »falls sich Hinterbliebene melden.«

»Wegen einer Krawattennadel?«

»Sie würden sich wundern. Ich habe mal monatelang zwei Korsette aufbewahrt. Und dann tauchte aus heiterem Himmel plötzlich die Schwiegertochter auf, die Laientheater spielte und sagte, sie könnte sie gebrauchen.«

»Orden?«, fragte Mrs Foss.

»Ein oder zwei. Dafür gibt es einen Markt. Aber ich kann sie nicht verkaufen, sie gehören mir ja nicht.«

»Und wenn der Erlös für das Heim wäre?«

»Dieses Heim?«

»Man könnte einen Verein gründen und ihn Freundeskreis von Hill Topp nennen?«

»Eine Art Basar?«

Mrs McBryde war skeptisch. Ein Freundeskreis könnte sich ermächtigt fühlen, unfreundliche

Anmerkungen zur Leitung des Heims zu äußern oder gar, nicht auszudenken, Verbesserungsvorschläge. Einem Freundeskreis von Hill Topp könnte gar einfallen, dass die Bewohner mehr Mitspracherechte verdienten. Nein. Hill Topp kam ohne Freundeskreis besser aus. Aber Mrs Foss ließ sich nicht entmutigen; sie hatte bereits zu sammeln angefangen.

Mr Dalrymple steuerte einen Cricketball bei. »Den haben wir ›den Korker‹ genannt. Mit vierzehn habe ich damit in einem Match zehn Wickets getroffen. Er hat eine Inschrift, aber die kann man nicht mehr lesen.« Mr Raybould hatte ein paar Orden … nicht seine eigenen, wahrscheinlich nicht mal von seinem Vater, aber vielleicht von Interesse. Jemand anderes spendete eine Teemaschine, die einmal funktioniert hatte und nach einer Entgiftung womöglich wieder funktionieren könnte. Gloria bot Gratis-Selfies mit ihren Haaren an, und Mr Peckover (unerwartet knauserig mit seinen gesammelten Schätzen) stellte ein antikes Gebiss zur Verfügung (»ein Fundstück aus den frühesten Tagen der Zahnheilkunde«), das er im Fundament der Nissenhütte entdeckt hatte.

Unterdessen sammelte Mrs Foss weiter. Die alten Menschen klammerten sich verständlicherweise an die wenigen Andenken aus ihrer Vergangenheit, die sie hatten behalten dürfen … Armbanduhren, auch wenn sie dieser Tage kaum mehr Verabredungen einzuhalten hatten, Fotografien, zwar noch nicht unbedingt in Sepiatönen, aber dennoch mindestens ein halbes Jahrhundert alt, und manchmal eine notwendige Erinnerung daran, wie sie früher ausgesehen hatten.

»Das war ich«, sagte Phyllis in einer ungewohnten Strickpause und hielt einen Schnappschuss von sich hoch, wie sie vor Filey in der Nordsee paddelte, im Jahr 1951, als das *Festival of Britain* stattfand. Mr Raybould konterte mit einem von sich in Blackpool, als magerer Junge im Badeanzug. Er reichte es Phyllis zur Bewunderung. »Hätte ich Ihnen damals gefallen?«

»Womöglich«, sagte Phyllis. »War der Badeanzug handgestrickt?«

Gürtelschnallen, Füllfederhalter, Krawattennadeln, Uhrketten, Pfeifen, eine Zigarettenspitze, Briefe, Brieföffner, Ohrringe ... für all das gab es eine Nachfrage.

»Früher hätte man es Trödel genannt, aber die Dinge sind in der Welt aufgestiegen. Das ist kein Trödel, das sind Sammlerstücke.«

Das Ergebnis konnte sich sehen lassen. Indem sie die manchmal zögerlichen Bewohner einen nach dem anderen in ihren Zimmern aufsuchte, stellte Mrs Foss eine beträchtliche Sammlung zusammen. Angefangen mit den Puderdosen, von denen eine oder zwei vielleicht tatsächlich etwas wert waren. Selbst Miss Rathbone hatte einen alten leeren Duftflakon gefunden, allerdings dabei festgestellt, dass er immer noch duftete, weshalb sie sich doch nicht von ihm trennen mochte. Drei oder vier Uhren waren dabei, die Mr Cartwright wieder zum Laufen gebracht hatte. Ein Schal vom Tag der Befreiung. Krawatten, Haarspangen, die vorzuführen Gloria großzügig anbot. Am traurigsten waren die Fotos, die oft Geliebte oder junge Ehemänner in Uniformen des Zweiten Weltkriegs zeigten. Andenken an verblasste oder verblichene Stars wie Val Doonican, Alberto Semprini und Vera Lynn. Ein Filzhut von Mr Raybould, der meinte, auch mit achtundsiebzig Jahren damit noch sehr verwegen auszusehen. Bücher, die meisten ungelesen und unlesbar: *Das Jahrbuch für Bodenbeläge 1948*, *Eine Einführung in die Aquarellmalerei* und das *Jahrbuch der Stadt Leeds im Siegesjahr 1945*.

»Eine bunte Mischung«, sagte Mrs Foss. »Aber man weiß nie, was jemandem ins Auge springt.«

Am geheimnisvollsten war ein schlichter Umschlag von einem anonymen Spender, der die vergilbten Autogramme von Winston Churchill, Anthony Eden und – besonders außerordentlich – Wjatscheslaw Molotow enthielt. Niemand erklärte, diese beigesteuert zu haben, und doch waren sie die einzigen Gegenstände, von denen Mrs Foss glaubte, dass sie tatsächlich etwas einbringen könnten. Sie selbst hatte einen angeblichen Constable beigetragen, den ihr Mann hinterlassen, sie aber nie gemocht hatte (obwohl sie ihn in ihrem Zimmer aufgehängt hatte). Es schmerzte sie nicht sehr, ihn dem Freundeskreis von Hill Topp zu überlassen.

Woodruff beteiligte sich nicht an der Sammlung. Mrs Foss erhielt unbeschränkten Zugang zu den Zimmern der Bewohner, nur bei Woodruff war die Lage anders. Schließlich wussten alle, was passieren würde, wenn die Tür hinter ihm zuging. Er hatte es weiterhin auf Mrs Foss abgesehen, aber sie war beschäftigt.

Seine Frustration blieb nicht unbemerkt.

»Wieso hat er ihn uns eigentlich noch nicht gezeigt?«, fragte Phyllis. »Was machen wir falsch?«

»Frag ihn doch«, antwortete Miss Rathbone geistesabwesend, denn sie war voll auf ihr neuestes Puzzle fokussiert, Picassos *Guernica*, das sich als richtig fies erwies.

In Wahrheit fürchtete Woodruff Miss Rathbone, ihre Selbstbeherrschung war der Grund, weshalb sie verschont blieb. Im Gegensatz zu den meisten anderen

Bewohnerinnen und Bewohnern von Hill Topp hegte Miss Rathbone keine direkte Abneigung gegen Woodruff, denn sowohl seine Züge als auch seine Gestalt erinnerten sie an jemanden, den sie als junge Frau eine Zeitlang gekannt hatte. Woodruff glaubte, Miss Rathbone möge ihn, was sie schützte und in Erweiterung auch Phyllis. Es würde keinen Spaß machen, eine der beiden zu erschrecken. Bei Mrs Foss und ihrem Basar hingegen lagen die Dinge anders.

Nicht dass es jemals dazu kam – oder vielmehr erlaubt wurde. Galopprennen fanden weiter statt. Fußballspiele ebenso. Aber Mrs Foss' Wohltätigkeitsbasar zugunsten des Hill-Topp-Heims wurde wegen Covid kurzerhand verboten – zu Mrs Foss' großer Enttäuschung und Mrs McBrydes immenser Erleichterung.

Mrs Foss drehte ihre Runden und klopfte an Türen, um weitere Schätze zu sammeln, als sie im Eingangsflur einen Mann mittleren Alters antraf.

»Ist Mr Woodruff zugegen?« (Auch wenn er eigentlich Mrs McBryde suchte.)

»Zugegen ist er«, sagte Mrs Foss.

»Wie geht es ihm?«

»Augenscheinlich sehr gut. Sind Sie sein Sohn?«

»Ach je. Sieht man das?«

»Er hat von Ihnen erzählt.«

Woodruff erschien am Treppenabsatz.

»Sprechen Sie nicht mit ihm.«

»Also bitte, Dad«, sagte der Mann.

»Wer ist denn Ihr Freund da?« Woodruff sprach zu Mrs Foss. »Um den sollten Sie einen großen Bogen machen.«

»Wir haben bloß geplaudert«, sagte Mrs Foss.

»Das würde ich unterlassen«, sagte Woodruff. »Mit mir hat er nichts zu tun. Er kommt zwar hierher, aber ich kenne ihn nicht.«

»Dad«, sagte der Mann.

»Sagen Sie nicht Dad zu mir«, sagte Woodruff. »Der will bloß was von Ihnen. Sieht er mir ähnlich?«

»Ein bisschen «, sagte Mrs Foss. »Ich habe ihn gleich als Ihren Sohn eingeordnet.«

»Ich war da nie so sicher. Seine Mutter ist oft nach Bradford gefahren. Die Busverbindung war sehr gut.«

Der Mann hielt ein Paket. »Ich habe dir ein sauberes Unterhemd mitgebracht.«

»Klingt das nach einem Sohn?«, sagte Woodruff. »Ein sauberes Unterhemd. Ein anständiger Sohn würde Trauben mitbringen oder Blumen. Ein sauberes Unterhemd. Das ist Aufgabe einer Mutter. Deine Mutter ist tot.«

»Das weiß ich.«

»Sauberes Unterhemd. Ich habe heute Geburtstag. Ich bin im Begriff, eine Rede vor der Gesellschaft zu halten.«

»Dann breche ich wieder auf.«

»Bleiben Sie. Ich kenne Sie nicht. Diese Dame kennt Sie auch nicht. Wenn das mein Sohn ist, wo sind dann seine Papiere? Das Erste, was man gezeigt bekommen möchte, ist doch die Geburtsurkunde. Seine Kreditkarte. Seinen Führerschein. Ich weiß nicht mal Ihren Namen.«

»Doch, weißt du. Weiß er. Colin.«

»Erfreut, Sie kennengelernt zu haben«, sagte Mrs Foss. »Auf Wiedersehen.«

»Scheint eine nette Frau zu sein«, sagte Colin.

»Lass die Finger von ihr. Du hast schon jemanden.«

Pause.

»Wie geht es ihm?«

»Wem?«

»Deinem Freund.«

»Er lässt herzliche Glückwünsche ausrichten.«

Geburtstage wurden in Hill Topp oft gefeiert, ohne dass die Jubilare wussten oder verrieten, wie alt sie waren. »Ich habe heute Geburtstag«, sagte Woodruff, auch wenn es keinen Nachweis dafür gab. »Als ältester Bewohner werde ich zu Mittag eine Rede an die gesamte Gesellschaft halten.«

»Also wie immer«, sagte Phyllis. »Ein besonderer Geburtstag?«

»In meinem Alter sind alle Geburtstage besonders«, sagte Woodruff.

»Und welches Alter ist das genau?« Das wollte er nicht sagen.

»Ich hoffe bloß, es gibt keinen Kuchen. Dieser Lebkuchen, den es für Mrs Jackson gab, hat einem fast den Gaumen zerstört.«

»Werden Familienmitglieder erwartet?«, erkundigte sich Mrs McBryde.

»Nicht, wenn ich es verhindern kann«, sagte Woodruff. »Mein sogenannter Sohn könnte auftauchen, aber das ist seine Sache.«

Um zwölf Uhr war der Aufenthaltsraum nicht aufgrund des Geburtstags gefüllt, sondern wegen des unmittelbar bevorstehenden Mittagessens. Woodruff stellte sich neben den Flügel, auf dem er, da er nicht Klavier spielte, einen misstönenden Akkord anschlug, um Ruhe zu erheischen. Das wirkte kaum, denn die

Tauberen hörten ihn nicht und die Übrigen scherte es nicht. Phyllis strickte gnadenlos (und geräuschvoll) weiter.

»Ich hätte gedacht«, sagte Woodruff, »da ich jetzt ein gewisses Alter erreicht habe, dass Sie alle interessiert, was ich vom Leben gelernt habe.«

»Falsch«, sagte Zulema.

»Es sind keine großen Lehren, aber sie widersprechen oft dem, was die Experten behaupten. Die erste und wichtigste Lektion lautet: Es ist nicht nötig, nett zu sein. Warum nicht? Weil es einen nicht weiterbringt. Zweitens: Wenn Sie etwas fallen lassen, heben Sie es nicht wieder auf. Warum nicht? Weil die statistische Wahrscheinlichkeit eines Schlaganfalls steigt, je mehr man sich bückt.«

»Und wer hebt es dann auf?«, fragte jemand.

»Jemand anderes«, sagte Woodruff triumphierend. »Erinnern Sie sich an Regel eins: Es ist nicht nötig nett zu sein. Ähnliche Richtung: Wenn Sie keinen Schlaganfall wollen, bleiben Sie nicht zu lange auf dem Klo. Denn dort passiert es. Und waschen Sie sich nicht alle fünf Minuten die Hände, egal, was die Regierung sagt. Hygiene wird überschätzt. Dreck hat noch niemandem geschadet. Und ich stelle Ihnen noch eine Frage: Welche berühmte historische Person habe ich mir zum Vorbild genommen?«

Miss Rathbone: »Beda Venerabilis?«

»Nein«, sagte Woodruff. »Ich erlöse Sie: Mein Vorbild ist Henry VIII.«

»Gute Wahl«, sagte Phyllis. »Der war auch ein sehr eigener Charakter.«

»Und vermeiden Sie Rhabarber. Da könnten Sie gleich Salzsäure trinken. Soweit die Früchte meiner

Lebenserfahrung. Ein bisschen dünn vielleicht, aber eins würde ich gern noch sagen, wenn ich schon die Gelegenheit dazu habe. Manche Menschen glauben immer noch an Gott. Die müssen schwachsinnig sein. Noch Fragen?«

Sein Sohn, der an der hinteren Tür stand, hob die Hand.

»Verdankst du dein langes Leben deiner dich liebenden Familie?«

»Ganz bestimmt nicht, und das weißt du genau. Dieser Mann, meine Damen und Herren, behauptet, mein Sohn zu sein. Das ist gelogen. Mein Sohn ist jung. Dieser Herr wird schon älter.«

»Wir werden alle älter«, sagte jemand.

»Stell dich doch nicht selbst bloß, Dad«, sagte der ursprüngliche Fragesteller.

»Sag nicht Dad zu mir. Hättest du mich mal Dad genannt, als du mich hierher verfrachtet hast.«

Mrs McBryde kam aus ihrem Bau.

»Das reicht jetzt aber, Frank. Sei nett. Vergiss nicht, du hast heute Geburtstag.«

Zulema war bereits in Lauerstellung. »Und es ist Zeit für das Mittagsmahl.«

Als Woodruffs Sohn ging, machte er nicht den Fehler, seinem Vater einen Abschiedskuss zu geben. Sobald dieser mit Essen beschäftigt war, machte er sich auf die Suche nach Mrs McBryde. Abgesehen von Mrs Foss' Anwesenheit war bei diesem Besuch alles wie immer gewesen, was ihn manchmal sogar amüsierte. Doch er musste die Heimleitung davon in Kenntnis setzen, dass Woodruffs Aufenthalt in Hill Topp womöglich weniger dauerhaft war, als der alte Herr annahm. Weil seine Firma ihn, wie sie es nannten, »freigestellt« hatte, konnte er die Zusatzgebühr für das Heim nicht mehr aufbringen, die nun vollständig von seinem nicht anerkannten Freund geleistet wurde. Er musste sich nach Low Moor erkundigen.

Miss Rathbone gingen die Puzzles niemals aus, sie besorgte ihren Nachschub im Wohltätigkeitsladen von *Age Concern* am Fuß des Hügels, wo viele Spenden großzügiger Menschen eingingen. Der Laden verkaufte, was er konnte, und entsorgte den Rest gratis bei Mrs McBryde. Die ungewollten Puzzles waren meist langweilig und schwierig, häufig Kriegsrelikte wie *Die Luftschlacht um England* (jede Menge Himmel) oder *Die Atlantikschlacht* (jede Menge Meer). Ein Vorzug von Puzzles war, dachte Miss Rathbone, dass man keine Mittagspause zu machen brauchte. Sie legte sie auf einem Spieltisch neben ihrem Sessel, und Zulema wusste, dass sie dort kein Essen hinstellen durfte. Miss Rathbone aß also, doch die Arbeit ging unterdessen weiter.

In letzter Zeit hatte sich die Puzzle-Lage in unerwarteter Weise entwickelt: *Age Concern* hatte den Nachlass inklusive Bibliothek eines pensionierten Anatomieprofessors von der Universität erhalten. Vor vielen Jahren, frisch ernannt, wollte der Dozent seine Studierenden wie seine Kollegen beeindrucken, und ihm war aufgegangen, dass sich die Anatomie am besten spielerisch in den Köpfen seines Publikums verankern ließ. Also hatte er einen kompletten Satz leicht vergrößerter anatomischer Illustrationen … Lunge, Blase, Gehirn – alle Körperteile waren vertreten … auf Pappe geklebt und zu Puzzles zerschnitten. Diese wurden seinen skeptischen Studentinnen und Studenten Woche für Woche ausgehändigt. Theoretisch sollten sich beim Puzzeln die Feinheiten des menschlichen Körpers in die Tiefen ihrer Erinnerung einprägen. Dass diese Puzzles noch Jahre später farbstark leuchteten und kaum berührt wirkten, sprach nicht für ihre Wirkung als Lehrmittel. Im Laden ließen sie sich auch nicht verkaufen, weshalb sie schließlich bei Mrs McBryde und dann bei Miss Rathbone landeten, die sie als gelungene Abwechslung von den erhebenden Momenten britischer Geschichte herzlich willkommen hieß.

Phyllis war weniger begeistert, denn sie konnte sich nicht vorstellen, wie man die verschiedenen Organe zu Strickmustern verarbeiten sollte, und musste sich wieder der Produktion von Wollmützen zuwenden. Als Puzzle waren die Anatomiezeichnungen ebenso düster wie schwierig, aber fanden hier deutlich mehr Zuspruch als bei den Studenten. »Ich habe wirklich das Gefühl«, sagte Miss Rathbone (die gerade am Ellenbogen arbeitete), »dass wir etwas lernen.«

Phyllis wagte zu widersprechen. »Die sind gar nicht mehr aktuell. Seit die fabriziert wurden, hat es doch medizinische Fortschritte gegeben.«

»Beim Ellenbogen? Halte ich für unwahrscheinlich. Und sollte jemand stürzen, was hier ja regelmäßig passiert, werde ich genau wissen, wo der Knochen meistens bricht. Unser Puzzle könnte sich als lebensrettend erweisen.«

»Wissen Sie, was im Fernsehen das Allerlangweiligste ist?« Die Frage kam von Woodruff. Mrs Foss wartete, dass er ihr die Antwort verriet. »Wenn die Kinder ihre Abschlusszeugnisse bekommen und sich darüber freuen. Passiert jedes Jahr.«

»Da bin ich anderer Meinung.« (Das war an sich schon kühn.) »Manche fallen auch durch. Die sind enttäuscht.«

»Ja, bloß zeigt man die nie«, sagte Woodruff. »Tränen wären nützlicher. Eine Lektion gelernt. Je eher man es ihnen aufs Brot schmiert, desto besser.«

»Ihnen was aufs Brot schmiert?«, fragte Mrs Foss.

»Das Leben«, sagte Woodruff. »Versagen. Verlieren. Ist Ihnen wahrscheinlich nicht so oft begegnet, würde ich schätzen.«

»Ach, ich weiß nicht«, sagte Mrs Foss. »Ich habe Foss verloren.«

»Das ist nicht das Leben«, sagte Woodruff, »das ist der Tod. Die erste Lektion, die man lernen muss.«

»Dieses Virus, von dem alle reden. Kann man das mit bloßem Auge sehen?«

Mrs McBryde glaubte das nicht und war zudem noch unsicher, ob es sich dabei nicht bloß um irgendeine Albernheit aus dem Fernsehen handelte.

»Es ist nicht so wie Nissen«, sagte Miss Rathbone. »Es ist eine Mikrobe. Es breitet sich aus.«

»Springt es?«, fragte Phyllis.

»Du denkst an Flöhe«, sagte Miss Rathbone, die einmal ein Puzzle von einem Floh unterm Mikroskop gelöst hatte.

»Morecambe ist anscheinend ein Hotspot«, sagte Woodruff. »Wundert mich nicht.«

Der einzige Mensch in Hill Topp, den das Virus nicht erstaunte, war Mr Peckover. Er kannte auch das Gegenmittel, aber behielt das für sich. Man würde nur darüber lachen.

Außerhalb der Regierung (und teils auch innerhalb) konnte sich niemand genau erinnern, wann Menschen zu sterben anfingen. In Hill Topp hätten sich die Raucher in der Bibliothek anstecken können, aber da das Fenster immer die vorgeschriebenen fünfzehn Zentimeter offenstand (Mrs McBrydes Vorschrift, nicht die des Premierministers), hielt die frische Luft Infektionen in Schach. Für den Augenblick. Woran Mrs Vokes gestorben war, hatte der Arzt dem Heim mitzuteilen versäumt, wenn er es überhaupt wusste, aber da der Einbalsamierer bei Grimshaw's zu den ersten Todesopfern gehörte, wurde allgemein Covid vermutet.

Als Mrs McBryde erfuhr, dass Covid eine Gefahr für Pflegeheime darstellte, nahm sie an, das beträfe nur Einrichtungen wie Low Moor. Zunächst einmal lag Hill Topp ja auf einer Hügelkuppe, und der Wind würde die Erreger sicher verwehen.

Sie blieb Covid gegenüber insgesamt skeptisch, und wenn es irgendwo hingehörte, dann nach Low Moor. Als sie selbst Symptome zeigte, war ihre erste Reaktion, dass sie es nicht fair fand. Die Krankheit sollte doch ältere Menschen betreffen, gelegentlich auch Asiaten. Und sie war keins von beiden. Das versuchte sie dem diensthabenden Arzt im Krankenhaus zu erklären, und er tat so, als höre er zu, während er »beginnende Demenz?« auf ihrer Krankenkarte notierte und ein Beatmungsgerät für sie anforderte, sobald eines frei wurde. Es wurde keines frei. Auch das war nicht fair.

Die unmittelbare Folge von Mrs McBrydes Abgang war eine Begnadigung. Da Woodruff nicht vertrauenswürdig war, verschwand mit der Heimleiterin alles

Wissen um Audreys angebliches Fehlverhalten, wodurch ihr Auszug auf unbestimmte Zeit verschoben wurde.

Das Leben ging indes auch in Mrs McBrydes Abwesenheit weiter, und Hill Topp blieb ansonsten größtenteils unbehelligt. Die Zusatzgebühr musste jedoch weiter bezahlt werden, und vor ihrer Erkrankung hatte Mrs McBryde noch etwas widerwillig die Überstellung von Mr Woodruff nach Low Moor angeordnet. Da sie selbst nun nicht mehr die Leitung innehatte und niemand sie ersetzte, ging seine Herabstufung ihren unausweichlichen Gang.

Die offiziellen Maßnahmen – Händewaschen, Abstandsregeln und Isolation – zeigten wenig Wirkung, und wer über ein eigenes Waschbecken verfügte, durfte sich doppelt glücklich schätzen. Dazu gehörte Woodruff natürlich nicht, denn in Low Moor gab es keine Hoffnung auf eine Waschgelegenheit im Zimmer.

Mrs Foss traf Woodruff, als er am Treppenabsatz auf seinen Sohn wartete.

»Haben Sie gepackt?«

»Was soll ich schon packen? Da unten lassen sie einen ja noch weniger mitbringen als hier.«

»Ich werde Sie vermissen«, sagte Mrs Foss.

»Werden Sie nicht«, sagte Woodruff.

Er begann an seiner Hose zu nesteln.

Mrs Foss seufzte. »Nicht jetzt. Jetzt ist nicht der richtige Zeitpunkt.«

»Jetzt ist nie der richtige Zeitpunkt. Darum ist es ja der richtige.«

»Das ist nichts für mich«, sagte Mrs Foss. »Ich war in der St John's Ambulance Brigade.«

»Ich weiß. Das haben Sie beim letzten Mal schon gesagt.«

Mrs Foss gab nach. »Na gut, machen Sie. Wenn es Sie glücklich macht.«

Sie schaute nicht weg und brachte sogar ein Lächeln zuwege.

»Und was soll ich dabei machen«, fragte Mrs Foss. »Mich ducken?«

Sein Sohn rief herauf.

»Dad. Der Transporter ist da.«

Woodruff sah Mrs Foss nicht an, knöpfte lediglich seine Hose zu, griff die Tasche und stapfte die Treppe hinunter.

»Wenn du ›Dad‹ zu mir sagst«, sagte Woodruff, »bedeutet das, dass ich dein Vater bin?«

»Das impliziert es im Allgemeinen.«

Und der Lieferwagen fuhr ab.

So rührend diese Szene wirken mochte, war das noch nicht das Ende von Woodruffs Geschichte. Innerhalb einer Stunde war er zurück in seinem alten Zimmer in Hill Topp und so selbstzufrieden wie üblich.

Wegen des Lockdowns nahm Low Moor keine neuen Bewerber auf, weder freiwillige noch unfreiwillige, und man riet Woodruff, in seine alte Behausung zurückzukehren, wo eine neue Heimleitung (da Mrs McBryde noch ans Hospital gefesselt war) die Sache würde klären müssen. Woodruff machte es nicht einfacher, indem er Einlass verlangte (»Ich werde mir von denen nicht sagen lassen, was ich zu tun habe«), selbst wenn es zu seinem Nachteil war.

Wie zu erwarten präsentierte er seine Abweisung an der Tür von Low Moor als Triumph, auch wenn man in Hill Topp kaum begeistert war, ihn wiederzusehen, aus gutem Grund, denn sein kurzer Kontakt mit Low Moor hatte trotz aller Abstandshaltung ausgereicht. Da er sich wie üblich weigerte, alle paar Minuten die Hände zu waschen, hatte Woodruff das Virus auf den Hügel getragen. Und er trug es auch bald wieder hinunter, als er Mrs McBryde ins überfüllte örtliche Krankenhaus folgte.

Sterbend sah Woodruff sich am Strand von Dünkirchen entlang wandern. Er war einer der Letzten, die evakuiert wurden, und watete bis zur Hüfte im Wasser auf einen Trampdampfer zu, auf dem alle Lichter brannten. Er konnte nicht atmen, merkte aber plötzlich, dass er das gar nicht mehr musste, weil jemand ihm Luft in die Lunge pumpte. »So ist es besser«, sagte eine Stimme, »entspannen Sie sich«, und nahm seine Hand.

»Besser als Morecambe«, sagte er und starb.

Am gewissenhaftesten befolgte Mrs Foss alle vorgeschriebenen Vorsichtsmaßnahmen – ihr Fenster stand stets offen, sie wusch regelmäßig ihre Hände, und alle wurden auf Abstand gehalten, »auch wenn es meinem Wesen widerspricht, denn ich bin von Natur aus eher der Berührungstyp. Foss hingegen war eher distanziert, ihm wären die Abstandsregeln gerade recht gewesen.«

Wegen ihrer langen gemeinsamen Zeit am Puzzletisch vor dem Fenster bildeten Phyllis und Miss Rathbone eine Kontaktgemeinschaft, ebenso wie Mr Dalrymple und der Fensterputzer Gus. »Hätte es die Gelegenheit gegeben«, sagte Mr Dalrymple, »hätte ich mich schon vor Jahren mit dir in eine Kontaktgemeinschaft verzogen.«

Da Zulema ebenfalls (und schon vor Mrs McBryde) im Krankenhaus war (und sich dafür glücklich schätzte), blieben der Haustürknauf von Hill Topp unpoliert und (was lästiger war) die Toiletten ungeputzt. Während sie noch die Leitung innehatte, hatte Mrs McBryde versucht, Gus zum Putzen zu rekrutieren, denn ihrer Ansicht nach gab es zwischen Fenstern und Toiletten keinen großen Unterschied. Gus sah das anders und fürchtete, seinen Status als Teilzeit- (und Undercover-)Sexarbeiter zu riskieren, wenn er als Ersatz-Toilettenmann arbeitete. So appellierte Mrs McBryde in ihrer letzten Amtshandlung als Hill Topps Heimleitung an den öffentlichen Anstand der Bewohner und sagte, der Premierminister würde sich freuen, wenn sie die Toiletten so hinterließen, wie sie dieselben vorzufinden wünschten und wie Zulema sie hinterlassen hätte, läge sie nicht derzeit im Krankenhaus. Daraufhin trat eine leichte Besserung ein, die Mrs McBryde allerdings nicht mehr erlebte. Sie hatte sich zu Zulema im Krankenhaus gesellt, allerdings nicht auf die Station, auf der Zulema sich wieder erholte, sondern auf einem Flur, auf dem sie starb.

Wer die Krankheit bekommen und überlebt hatte, fühlte sich denjenigen überlegen, die ihr bisher bloß entronnen waren. Das Leiden, wenn denn gelitten wurde, sollte Weisheit bringen, obgleich sich meist nichts dergleichen zeigte, sondern nur die Gelegenheit zum Prahlen bot. Als die Infektionszahlen anfingen zu stagnieren, wurde etwas voreilig vorgeschlagen, eine Art Orden für die Überlebenden zu kreieren, doch das Wiedererstarken des Virus setzte dem ein Ende.

Selbst die Überlebenden – so gewissenhaft sie alle Vorschriften beachtet haben mochten – mussten zugeben, dass es eine Lotterie war, und sie herauszuheben wäre genauso sinnlos gewesen, wie das Leiden an einer gewöhnlichen Erkältung zu honorieren. Die Älteren hatten das Gefühl, die Krankheit diskriminiere sie, aber das tun Krankheiten ja im Allgemeinen. Die Jüngeren glaubten, ihre Lebenskraft und Energie habe sie geschützt (oder jedenfalls die meisten von ihnen). Was hatten sie schließlich getan, um sich anzustecken, außer einander anzuatmen oder sich in Menschenmengen aufzuhalten? Was hatten sie getan, was sie nicht wieder tun würden? Küssen? Nun, sagten andere, es musste einfach mal ausgedünnt werden. Die Welt war besser dran mit weniger Menschen. Das war das Heilmittel der Natur.

Es überraschte kaum, dass die frühesten Todesfälle der neuen Erkrankung sich in Low Moor ereigneten. Die Besatzung von Hill Topp hatte genug Platz zur Verfügung, um die neuen Abstandsregeln einzuhalten, während die Insassen von Low Moor ohne nennenswerte Freiflächen kaum anders konnten, als sich zu nahe zu kommen. Und da Hill Topp die offiziellen Regeln so pflichteifrig einhielt – während die Renntage von Cheltenham stattfanden, wurde der Basar abgesagt. Da Mikroben und Viren noch nicht in Puzzleform zu haben waren, musste derweil Miss Rathbone, an *Guernica* gescheitert, mit dem Tod von Admiral Nelson Vorlieb nehmen.

Phyllis erlaubte sich keine Unterbrechung ihrer Handarbeit, stellte sich allerdings so gut es ging auf die Umstände ein und begann, Atemmasken zu stricken. Da es Beschwerden gab, dass diese durchlässig für Erreger seien, erweiterte sie ihr Betätigungsgebiet auf das Nähen von Leinenmasken und recycelte dafür Kleider der Verstorbenen, wovon es reichlich gab. Miss Rathbone nahm irrtümlicherweise an, dass Puzzles in Krankenhäusern als Infektionsträger verboten seien, was ein weiterer Grund für sie war, unbedingt gesund bleiben zu wollen. Und es gab weitere Herausforderungen: Phyllis hatte irgendwo gelesen, eine Frau habe ein Bild von Schloss Sandringham gestrickt, und nachdem sie ein Foto des Dichters W. H. Auden gesehen hatte, war sie vom Ehrgeiz gepackt, sein Porträt zu stricken – ein Ehrgeiz, den Miss Rathbone nicht teilte. Miss Rathbone war im Stillen immer der Ansicht gewesen, dass Puzzeln im Gegensatz zu Stricken eine intellektuelle Beschäftigung sei. Ein gestricktes Porträt des Dichters würde Phyllis auf die gleiche Stufe heben.

Eines Abends schlug Mr Peckover den wenigen verbliebenen Bewohnern zögernd vor, ein Feuer zu entzünden, ohne offensichtlichen Grund, nur zur Aufheiterung. Erst als es brannte und sie um die glimmenden Scheite saßen, begann Peckover von der Pest von 1665 zu sprechen, und wie unmittelbar danach der als Gottesstrafe betrachtete Große Brand von London gefolgt war. »Hätte ich diesmal etwas zu sagen gehabt«, sagte Peckover, »hätte ich zu bestimmen, dann wäre mit dieser Krankheit innerhalb einer Woche Schluss gewesen. Ich weiß, was nottut … Feuer.«

Da Woodruff ihm nicht mehr widersprechen konnte und sich sonst niemand dazu bemüßigt fühlte, hing die kleine Gruppe an seinen Lippen. »Nur«, warnte Mr Peckover, »muss das Feuer in Gang gehalten werden. Es wird uns das Leben retten.«

»Mir gefällt das«, sagte Phyllis. »Bei uns hieß das früher ›Lesen‹.« Denn auflesen war nun gefragt: Ein halbes Dutzend Bewohner suchte zunächst das Gelände nach heruntergefallenen Ästen und zerbrochenen Stühlen ab, nach allem Brennbaren. Feuerholz. Als die Krankenliste länger wurde und immer mehr Zimmer leer standen, vergrößerte sich das Sammelgebiet, und die Suchtrupps zogen durch die verlassenen Wohnräume, nahmen hier einen dreibeinigen Hocker mit, dort einen Nachttisch, alles, was leicht entzündlich war.

Mit der Zeit verzehrte die Mission auch persönlicheren Besitz, zum Beispiel die (fettige) Schiebermütze des verstorbenen Mr Harris oder Mrs Hebbels Spazierstock und Mr Donovans Hörgeräte, über die allerdings vorher diskutiert wurde. Aber wie Mr Dalrymple sagte: »Das Ohr ist mit dem Mund verbunden, und die Viren kommen durch den Mund herein. Es ist sicherer, den ganzen Kram zu verbrennen.«

Mr Hornby war Antiquitätenhändler gewesen, und es tat ihm in der Seele weh, unter dem Brennstoff wertvolle Möbelstücke von Waring & Gillow zu sehen, die seit der Erbauung im Haus gewesen waren und jetzt in Flammen aufgingen. Ein halbes Dutzend Windsor-Stühle ereilte das gleiche Schicksal, ebenso wie einen prächtigen Refektoriumstisch. Doch da das Feuer in Gang gehalten werden musste (worauf Mr Peckover bestand), konnte es keine Gnade geben. London war vollständig niedergebrannt. Sie mussten die Nerven behalten.

Aus hygienischen Gründen verbrannten sie weitere Habseligkeiten der Verstorbenen, und als sich Mrs Porteous' Schuhe als besonders feuerfest erwiesen, warf Miss Holden ihre eigene Windjacke und Mr Goodisons Gehstock darauf.

»Den hätte ich noch gebrauchen können«, sagte Mr Raybould.

»Hätten Sie nicht«, sagte Miss Holden. »Der wäre voller Erreger gewesen.«

»Ein Gehstock?«

»Alles. Darum haben wir ja auch Mr Donovans Hörgerät verbrannt. Das war eine Todesfalle.«

Von Low Moor schauten die Bewohner hinauf zum Freudenfeuer und fragten sich, was es dort zu feiern gäbe.

Als Miss Rathbone die Szenerie vom Puzzletisch aus betrachtete, fühlte sie sich an das Leuchten der Bombennächte in London erinnert. Das war für sie als Mädchen zwar schrecklich gewesen, aber es lag auch eine gewisse Befriedigung darin. Sie verdienten es. Bomben oder nicht, England musste sich verändern.

Als sie damals Nacht für Nacht das Glühen des brennenden London gesehen hatte, verzweifelte sie nicht. Es würden bessere Zeiten kommen. Da war sie jetzt nicht mehr so sicher.

Essen war ein Dauerproblem. Ziemlich zu Beginn der ganzen Sache hatte Mr Peckover ein Schild ans Tor gehängt: »Essen bitte«, und davor einen großen flachen Stein positioniert, um Gaben zu empfangen. Zum Teil tat er das auch, um einen Stein zu platzieren, der den Peststeinen während der Großen Pest ähnelte. Gerettet wurden sie tatsächlich von Mr Parviz, dem Besitzer von *Parviz Fruits* auf der anderen Hügelseite. In dessen Laden hatte Mrs McBryde so gut wie nie eingekauft, nur gelegentlich mal eine Flasche Milch. Jetzt aber half Mr Parviz nur zu gern, und sein Angebot verschiedener Currys war viel abwechslungsreicher als die Mahlzeiten, die sie vor der Pandemie gewohnt gewesen waren. »Das würde man wohl eklektisch nennen«, sagte Mr Dalrymple, »wobei es köstlich ist«, wenn Mr Parviz mal wieder eine Probierportion Gewürz dazugab oder überraschende Nüsse. Das war Gesellschaft. Das war Gemeinschaft.

Einige der Damen hatten Mrs McBryde beim Wort genommen, als sie vor Jahren in ihrer idealisierten Beschreibung des gesellschaftlichen Lebens in Hill Topp »gelegentliche Tanztees« erwähnt hatte. Eingedenk dieser Möglichkeit und zugleich vor dem Einzug ins Heim um die Reduzierung ihres Besitzes bemüht, hatten die wohlhabenderen unter den Bewohnern vor allem die erlesenen Teile ihrer Garderobe behalten. Stücke von Hartnell, Givenchy und, im Fall der verstorbenen Mrs Porteous, das Fortuny-Kleid der Familie. Nachdem sie nun das Zeitliche gesegnet hatte, hing ihr geliebtes Gewand trauernd im Kleiderschrank, vor Mottenbefall geschützt, aber in den Augen ihrer

Nichten nicht vor dem Coronavirus. Es war unberührbar und stand daher nun Mrs Foss und Phyllis zur Verfügung, die noch nie vom Modeschöpfer Fortuny gehört hatte, aber auf der Suche nach Maskenmaterial den Stoff des Kleides (oder jedenfalls Teile davon) als besonders angenehm für das Gesicht befand. »Das nennt man Improvisieren«, sagte sie zu Miss Rathbone, die es eher Vandalismus genannt hätte, was sie aber wie so vieles für sich behielt. Indem sie den uralten Samt gnadenlos ausschlachtete, konnte Phyllis etwa sechzig Masken daraus herstellen. »Den Saum musste ich allerdings opfern«, sagte sie, während sie die historische Modekunst zerschnitt.

Die Ratschläge der Regierung schienen kaum relevant. Isoliert waren sie schon, nun auch maskenbewehrt dank Phyllis, die alles verwertete, was ihr unter die Finger kam, von Dior über Balenciaga bis zu den Überresten altertümlicher Unterwäsche.

Da Mrs McBryde nicht mehr da war, stand das Leben der Bewohner von Hill Topp wie vor einer Art Reiseantritt. Sie waren im fortgeschrittenen Alter und von eher nüchterner Denkart, doch nun ergriffen sie den Augenblick, um in der kurzen Zeit, die ihnen noch blieb, herumzutollen. Die Gelegenheit würde womöglich nicht wieder kommen. Wenn die Arthritis es zuließ, hüpften sie geradezu. Es half, dass es warm wurde, die Sonne lockerte die steifen Glieder und machte sie wieder geschmeidig.

Es sollte der Tag kommen, an dem die Nation auf Beerdigungen verzichtete. Was auch verschwand, war eine Art Begrenzung des Albernen. Bisher hatte Mrs McBryde es im Zaum gehalten; doch da sie fort war, bot Covid ihnen die Chance, ganz anders zu sein.

Die Überlebenden waren nicht immer vollständig informiert.

»Ich vermisse das Kino, aber das ist ja jetzt nicht mehr erlaubt.«

»Sie sind doch früher auch nie hingegangen.«

»Doch, bevor ich hierherkam.«

»Gottesdienste auch.«

»Kann man nicht mehr in die Kirche gehen? Nicht, dass ich das vorher so oft getan hätte.«

»Das Singen verbreitet sie offenbar.«

»Wen?«

»Die Viren.«

»Und Küssen. Singen und Küssen.«

»Zu meiner Zeit war es Tuberkulose.«

»Dies ist immer noch unsere Zeit. Und offenbar gibt es an manchen Orten auch immer noch Tuberkulose.«

»Anscheinend darf man damit keinen Sex haben. Kein Singen, kein Küssen, keinen Sex.«

»Man kann Sex haben, aber nur in der Kontaktgemeinschaft.«

»Wo kriegt man die denn?«

»Was?«

»Diese Kontaktgemeinschaften.«

»Das ist mehr so ein Ausdruck.«

»Und was ist mit Bingo? Ist das erlaubt?«

»Nein. Alles, wobei man dieselbe Luft atmet. Bingo ist das Gleiche wie Gottesdienst.«

»Ist es gar nicht. Es ist genau das Gegenteil.«

Es entstand eine Pause.

»Was ist denn mit der Tierhandlung Ihrer Schwägerin?«

»Die ist vorübergehend geschlossen. Muss sein, sonst hast du sie sofort auf dem Hals.«

»Was vermissen Sie sonst, außer Kino?«

»Hab ich vergessen.«

»Menschen?«

»Nein. Ich vermisse das Meer.«

»Das Meer?«

»Ebbe und Flut.«

Dass dieses halbe Dutzend alter Menschen zur Verzweiflung der Behörden ziemlich unbehelligt in seinem Wohnheim bleiben konnte, war reines Glück. Als Covid Mrs Foss' Basar zunichtemachte, blieb sie auf einem Haufen Trödel sitzen. Mrs Foss wollte ihn eigentlich aus Sicherheitsgründen in ihrem eigenen Zimmer aufbewahren, aber da inzwischen die meisten der Spender dem Virus zum Opfer gefallen waren und ihr der zweifelhafte Charakter des Ortes nicht bewusst war, verbrachte sie die mutmaßlichen Sammlerstücke in den Fahrradschuppen und kam dabei zu der Überzeugung, dass Woodruff recht gehabt hatte und es vor allem Schrott war. Selbst das von ihrem Mann so geliebte Landschaftsbild sah nun weniger vielversprechend aus als an ihrer Zimmerwand, also landete es ebenfalls im Schuppen.

Fensterputzer Gus, der den Ort immer noch gelegentlich für seine Zwecke missbrauchte, konnte sich kaum beschweren, und das Gerümpel stand den sexuellen Aktivitäten sowieso kaum im Weg. Es kam auch gar nicht mehr so oft dazu, denn von seinem ursprünglichen Kundenstamm hatte nur Mr Dalrymple überlebt, und der nahm seine Dienste nur sporadisch in Anspruch.

Seine schwindende Manneskraft sollte durch das Blättern in veralteten pornografischen Zeitschriften angeregt werden, die Gus als Teil der Dienstleistung zur Verfügung stellte. Dalrymple betrachtete dieses Material als Kunsthistoriker allerdings ziemlich von oben herab. »Nun ja, mal was anderes als *The Burlington Magazine.*«

Springen wir zu einem sonnigen Nachmittag, an dem Gus und Mr Dalrymple im Fahrradschuppen zugange waren. Es war heiß, die beiden hatten sich gegen Mrs Foss' Trödelberg geschoben. Aus Höflichkeit widmete sich Mr Dalrymple einem der Pornohefte, aber da es dasselbe war, das Gus schon bei ihrem letzten Treffen präsentiert hatte, entfaltete es kaum Wirkung. In diesem Augenblick drang ein Sonnenstrahl durch die von Gus nicht geputzten Scheiben und fiel auf Mrs Foss' schmuddelige, gemalte Wolken. Dalrymple löste sich von Gus (»Dauert nur einen Moment«) und stand mit heruntergelassener Hose auf.

»Hast du meine Brille?«

»Scheiße, wofür das denn?«

Mit den Gläsern auf der Nase schlurfte Dalrymple mit heruntergelassener Hose zur Wand, um Mrs Foss' Gemälde aus dem umgebenden Trödel zu befreien. Er öffnete die Schuppentür, hielt das Bild ans Licht und kam beinahe zu dem Höhepunkt, den Gus ihm nur so schwer verschaffen konnte. Er spuckte auf seine Finger und rieb über den Firnis, um seinen Verdacht zu erhärten.

»Ich glaube, das könnte ein Constable sein.«

»Ja und?«

Der anderweitig beschäftigte Gus verstand ihn falsch. »Ist doch nicht gesetzlich verboten, was wir machen. Schon seit Jahren nicht mehr.«

»Foss hat immer geschworen, dass es einer sei«, sagte seine Witwe später. »Ich muss zu meiner Schande gestehen, dass ich ihm nie geglaubt habe.« Nicht ganz post-koital und immer noch in Unterhose glaubte aber Dalrymple ihm. Und ebenso Sotheby's und die Kunstwelt im Allgemeinen, sehr zur Zufriedenheit des Immobilienmaklers, über den die Überlebenden mit dem Auktionserlös den Mietkauf abwickelten.

Blieb noch Miss Rathbone.

Miss Rathbone war immer sehr zurückhaltend gewesen, hatte ihr Vorleben nicht mit den anderen Bewohnern geteilt, nicht einmal mit Phyllis. Diese Verschwiegenheit tröstete sie in ihrer Einsamkeit. Sie war aber nicht freiwillig stumm: Kaum dem Jugendalter entwachsen, hatte sie ein Schweigegelübde abgelegt. Es war ihr verboten worden, Geheimnisse auszuplaudern, bevor sie überhaupt Geheimnisse auszuplaudern hatte. Als Sekretärin der Codebrecher in Bletchley Park hatte sie diese Verpflichtung unterzeichnet. Diese bezog sich zwar auf militärische und nicht auf private Geheimnisse, doch Miss Rathbone hatte beschlossen, die Verpflichtung ebenso professionell wie persönlich zu nehmen und auf den Rest ihres Lebens auszudehnen … obgleich ihr gar nichts besonders Fesselndes oder Aufregendes in den langen Jahren seither zugestoßen war. Andere Mädchen, die sie dort gekannt hatte, waren weniger diskret gewesen, und als Bletchley nach und nach in Filmen und Theaterstücken und

Erinnerungsbüchern auftauchte, begann Miss Rathbone diese Renegaten zu verabscheuen, die doch derselben Verschwiegenheit unterlagen wie sie selbst.

Nun lag sie krank im Bett, U-Boote glitten durch ihre Träume, bevölkert von ölbeschmierten Seeleuten, die im Nordatlantik ertranken. Aus dem Nachbarzimmer hörte sie Morsezeichen.

»Sterbe ich?«, fragte sie Phyllis.

»Sterben?«, fragte Phyllis zurück. »Erstmal wollen wir doch wohl alt werden.«

Durch Miss Rathbones allmählich versagendes Hirn zog der Gedanke, dass ein Ausplaudern so kurz vor dem Ende einen Bruch mit lebenslangen Gewohnheiten bedeuten würde und damit genau das war, was von Menschen mit dem Tod vor Augen erwartet wurde. Also besser als Rätsel, als das Enigma zu sterben, das sie immer gewesen war. Nur war die Wahrheit eben viel interessanter. Nachdem sie das ganze Leben über mit ihren Erinnerungen schwanger gegangen war, kam nun die Zeit, sie auszusprechen.

Sie lag im Bett, Phyllis saß daneben und hatte ausnahmsweise das Strickzeug in den Schoß gelegt.

»Hast du etwas falsch gemacht?«

»Es geht gar nicht um falsch oder richtig. Man sollte einfach nicht reden.«

»Mit wem?«

»Mit niemandem. Der Mutter. Aber dann habe ich jemanden kennengelernt. Ich war jung. Es war im Krieg. Ich bin ins Ausland gereist. Ich wurde dazu ausgewählt. Ich war gut in dem, was ich tat.«

»Tippen?«

»Nein. Dechiffrieren. Einmal musste ich dechiffrierte Nachrichten in einen Bunker in Whitehall bringen. Zu

Churchill. Ich habe ihm das Papier in die Hand gedrückt.«

Phyllis kam der Gedanke, dass dies der Anfang einer Demenz sein könnte.

»Wohin denn ins Ausland? Nach Frankreich?«

»Frankreich war es nicht. Ein Ort namens Jalta. Am Schwarzen Meer. Ein Badeort, aber nicht wie Blackpool. Es gab da eine Konferenz. Schau in meinen Schrank.« Phyllis tat wie geheißen.

»Da ist ein kleines schwarzes Kästchen.«

»Nein, das nicht. Das ist bloß eine Brosche.«

»Und ein Duftflakon.«

»Genau der.«

»Der ist leer.«

»Ich weiß. Aber er duftet noch. Mrs Soundso wollte ihn für ihren Flohmarkt haben, aber ich mochte ihn ihr nicht geben.«

»Warum nicht?«

»Weil er noch duftet.«

»Gerade noch so.«

»Halt ihn mir an die Nase.«

Phyllis kam der Aufforderung nach.

»Französisch, ja?«

»Nein. Gar nicht französisch.« Miss Rathbone schnüffelte, was jedoch zum Husten führte. »Es ist russisch. Oder jedenfalls sowjetisch. Es war ein hohes Tier in der sowjetischen Delegation. Hat gesagt, es würde ihn an seine Frau erinnern. Ich mochte den Duft nie so sehr, aber er fand Gefallen an mir und wollte, dass ich ihn trage. Wir haben ihn beide benutzt.«

»War sie tot? Seine Frau?«

»Nein. Bloß in Moskau. Sie war die Leiterin der staatlichen Parfümproduktion.«

»Weißt du seinen Namen?«

»Natürlich weiß ich seinen Namen, jeder kennt seinen Namen. Molotow.«

»Oh«, sagte Phyllis. »Wie der Cocktail. War er nett?«

»Eigentlich nicht. Er roch gut. Er war wie Woodruff. Niemand außer mir mochte ihn.«

Miss Rathbone versuchte zu seufzen, doch es wurde nur wieder Husten.

Phyllis wartete. »Ich höre.«

»Du sollst nicht hören«, sagte Miss Rathbone. »Lass mich einfach erzählen. Er mochte mich. Er war nichts Besonderes, aber ich ja ebenso wenig. Wir mussten vorsichtig sein, wegen seiner Leute genauso wie wegen meiner, aber einer aus meiner Delegation hat mitbekommen, dass er an mir interessiert war. Darum haben sie mich gedrängt, etwas forscher zu sein, um zu sehen, was sich daraus ergab. Er trug immer Hosenträger, und er trug immer Parfüm. Dieses Parfüm. So, da hast du's«, sagte sie und zupfte an der Bettdecke. »Das ist mein Geheimnis.«

»Geht es dir jetzt besser, weil du es mir erzählt hast?«, fragte Phyllis.

»Eigentlich nicht«, sagte Miss Rathbone. »Ich fühle mich bloß einsam. Der einzige Mensch, den ich dort sonst kennengelernt habe, war Alan Turing. Und ich wusste, mit ihm konnte es auch nichts werden. Er hat an meiner Schulter geweint.«

»Du hast richtig was erlebt«, sagte Phyllis und griff nach ihrem Strickzeug.

»Er hat einen witzigen Spruch von mir gelernt. Beim Abschied habe ich immer gesagt: ›See you later, alligator‹, und Molotow hat geantwortet: ›In a while, crocodile.‹«

Geschichten enden oft mit Hochzeiten, aber man kann sich vorstellen, dass die Bewohner eines Pflegeheims selten heiraten. Es ist ein bisschen spät dafür, und außerdem sind die einzigen beiden Personen, die in unserer Geschichte als Hochzeitspaar denkbar wären, Mrs Foss und Mr Peckover, und die sind beide zu vernünftig dafür.

Aber man sollte die losen Fäden aufnehmen, und in einem der vielen Infektionstäler, in dem die Pandemie wieder Gottesdienste erlaubte und gleichzeitig die Gemeinden ausdünnte, die daran teilnehmen konnten, starb Miss Rathbone … Phyllis fand sie, wie sie die Finger noch um das fehlende Teil eines unvollendeten Puzzles gekrümmt hielt. Bei ihrer Beerdigung gab es die diskrete Enthüllung, dass sie zum *Commander of the British Empire* erhoben worden war – der Orden war die Brosche im kleinen schwarzen Kästchen auf dem Sarg. Und am Ende erklang, wie sie es festgelegt hatte, eine Aufnahme des Sirenensignals *Entwarnung*.

Eine Entschuldigung

Damit nicht der Eindruck entsteht, dass Madame Molotow (Polina), eine führende Persönlichkeit der sowjetischen Kosmetik, ein Hirngespinst meiner Phantasie ist, sei gesagt, dass sie in einem Artikel von Sasha Raspopina im Guardian erwähnt wurde (zuerst am 19. November 2014 im The Calvert Journal veröffentlicht).

Der Öffentlichkeit ist er eher durch den gleichnamigen Cocktail als wegen seiner unnachgiebigen Diplomatie bekannt. Dabei verdient es Molotows Umfeld, bekannter zu werden, es wäre also schade, diese duftende Inkongruenz unausgeschöpft zu lassen. Und wer will behaupten, dass Molotow, der auf dem Gebiet der internationalen Beziehungen so umtriebig war, sich nicht nebenbei ein wenig amüsiert hätte.

Hausarrest

Pandemietagebuch

Doch jeder Schriftsteller würde sagen, ein sinnvoller Orden – auch wenn Verkäufe und Beifall nicht vom Tun, sondern vom Getan-Haben kommen – müsste einem sozusagen auf dem Schlachtfeld verliehen werden, nachdem man wieder einen fruchtlosen Vormittag an der Schreibmaschine verbracht oder wieder eine Woche oder gar Monate aus dem Fenster gestarrt hat.

Aus *Staring out of the Window*
Alan Bennett, 2001

24. Februar 2020 Letzte Woche wurden Rupert und seine gesamte Zeitschrift in tiefe Verwirrung gestürzt, als die Verlagsleitung sich erkundigte, wie viele Redaktionsmitglieder von zu Hause aus arbeiten könnten. Das wurde als Vorbote einer Entlassungswelle verstanden. Heute stellt sich heraus, dass es weniger hinterhältig, vielmehr eine Vorsichtsmaßnahme ist. Das Coronavirus hat in Italien dafür gesorgt, dass die Mailänder Redaktion schließen musste, und die Nachfrage bezog sich nur auf den Fall, dass sich die Lage in London ähnlich entwickeln sollte. Das gilt als höchst unwahrscheinlich.

1. März Wegen meiner Arthritis bin ich inzwischen viel weniger mobil als früher. Vorbei die Tage, an denen ich aufs Fahrrad springen und zum Laden fahren konnte, weshalb dieser Stillstand in Halbisolation für mich kaum eine Härte oder eine große Umstellung darstellt. George Steiner, selbst ebenfalls kein Faulpelz, fragte einmal einen sowjetischen Dissidenten, wie er so viel Arbeit schaffe. »Hausarrest, Steiner. Hausarrest.« Leider habe ich bei meinem Arbeitspensum noch keinen großen Unterschied festgestellt.

Die einzige medizinische Geißel, mit der ich Erfahrung habe, ist Tuberkulose oder Schwindsucht, wie sie damals noch häufig genannt wurde. Die Sherwoods, eine Nachbarsfamilie in Armley, einem Stadtteil von Leeds, verlor in den 1940er Jahren ihren jüngsten Sohn an Tuberkulose, womit sich dann auch sein Vater ansteckte und starb. Wenig überraschend lebte meine Mutter seither in ständiger Angst, dass wir uns auch Tuberkulose einfangen könnten. Mrs Sherwood kochte gut und lud meinen Bruder und mich oft ein, ihre Gerichte zu probieren, was uns aber streng verboten war. Einmal jedoch konnte ich nicht widerstehen (Yorkshire Pudding), und als ich dummerweise zu Hause davon erzählte, kam es mir vor, als hätte ich mein eigenes Todesurteil unterzeichnet.

Tuberkulose war an noch bizarreren Verboten schuld. Wir durften zum Beispiel nie Hemden mit offenem Kragen tragen, weil uns die Kälte sonst »auf die Brust schlägt«. Auch eine Flasche Brause mit anderen Jungen zu teilen war eine Todesfalle, genau wie kein Unterhemd zu tragen oder nicht mit Luft durchsetztes Wasser zu trinken.

Tuberkulose war lange vor dem Tod meiner Mutter ausgerottet oder jedenfalls unter Kontrolle gebracht, doch für sie blieb es die todbringende Krankheit ihrer Jugend. Da sie ständig die Hände unter den Wasserhahn hielt, wären ihr die Vorkehrungen gegen das Coronavirus nur vernünftig erschienen.

4. März Ein Foto der Queen in der Zeitung, die bei einer Ordensverleihung Handschuhe trägt, vermutlich als Vorsichtsmaßnahme gegen das Virus. Aber nicht bloß Handschuhe; das sind fast Stulpen. Ich hoffe, sie sind nicht bloß der erste Schritt einer umfangreichen Schutzausrüstung, nicht dass Ihre Majestät am Ende eingehüllt ist wie die Spurensicherung am Tatort.

Der Architekturhistoriker Jeremy Musson schreibt mir, ob mir irgendwas zu George Bernard Shaw einfiele, zu dessen siebzigstem Todestag eine Renovierung seines Wohnhauses in Ayot St Lawrence geplant sei.

Ich telefoniere mit ihm und erzähle, dass ich mir immer gewünscht habe, ich hätte *Pygmalion* geschrieben, von *My Fair Lady* ganz zu schweigen, doch viel mehr kann ich ihm nicht bieten. Früher, mit sechzehn, habe ich Shaw viel gelesen (oder ihn jedenfalls aus der Bibliothek von Headingley geholt) – die rostbraunen Einbände waren oft unter meinen Ausleihen. Wenn ich darüber nachdenke, habe ich wohl von ihm den Gedanken übernommen, dass Theaterstücke eine Form von Action seien, Dinge bewegen und bewirken, Probleme lösen oder aufzeigen sollten, und genau das sage ich zu J. Musson. Was ich offenbar mit ihm gemeinsam habe: Ich schreibe lieber die Einführungen als die Stücke selbst. Doch während Shaw seine Vorworte eindeutig als gleichwertig mit dem Bühnentext erachtete, sind meine Einleitungen eher Klatsch, beziehungsweise Erklärungen, warum ich das Stück geschrieben habe, welche Umstände es hervorgebracht haben. Ich halte sie nicht für »einen Beitrag«, wie es Shaws Vorworte sind.

14. März Als über Siebzigjähriger werde ich offiziell angehalten, mich zu isolieren und drinnen aufzuhalten, sodass meine übliche Routine nun regierungsamtlich gebilligt ist.

18. März Die Tournee des York Theatre Royal mit meinem Stück *The Habit of Art* über Auden und Britten, die im letzten Jahr so gut lief und für ein Festival in New York neu aufgelegt werden sollte, musste abgesagt werden. Ich schreibe dem Ensemble, bitte um Entschuldigung und bemerke, wenn sich irgendjemand nicht alle fünf Minuten die Hände gewaschen hätte, dann W. H. Auden.

20. März Da Rupert jetzt auch zu Hause arbeitet, ist mein Leben viel leichter, denn so bekomme ich regelmäßig Tee und ein schönes warmes Mittagessen.

24. März Eins der wenigen Flugzeuge fliegt vorbei. Rupert hat oben ein Zoom-Meeting mit seiner Redaktion, die inzwischen vollständig im Homeoffice ist.

Foto im *Guardian* von einem selbstgemalten Schild an der Einfahrt ins Dorf Malham, auf dem die Touristenhorden angefleht werden, nach Hause zurückzukehren. In unserem Dorf, etwa dreißig Kilometer entfernt, ist der Parkplatz voll, und es ist viel belebter als an einem normalen Sonntag. Von Abstandsregeln kann keine Rede sein, die Leute haken sich praktisch unter. Das ist mal was anderes, als sich um Klopapier zu balgen.

26. März Gegen sechs ruft Nick Hytner an, sehr aufgeregt. Piers Wenger (Leiter der Fernsehspielabteilung der BBC) hat ihn gerade angerufen und mitgeteilt, wegen der aktuellen Beschränkungen sei es zwar schwierig, Fernsehsendungen zu produzieren, doch er hielte es für möglich, neue Versionen der *Talking Heads* aus dem Jahr 1988 aufzunehmen. Nick klingelt jetzt (unnötigerweise) bei mir an, um mein Einverständnis einzuholen. Später kommt er vorbei, und wir klären einige Einzelheiten bei einem Gespräch quer über die

Straße, von Bürgersteig zu Bürgersteig. (»Was meinst du, ist *King Lear* auch so entstanden?«)

Und jetzt kommt R. mit einer Tasse Kaffee und einem Ingwerkeks heraus – genau das, was John Dawson von der Fernsehfarm Bleak Bank dem Tierarzt reicht.

10. April, Karfreitag Wir haben uns geeinigt, dass alle an den neu aufgelegten *Talking Heads* Beteiligten für ein symbolisches Honorar arbeiten und sämtliche Einkünfte an den National Health Service NHS gehen sollten. Ich bin ziemlich verblüfft, dass die sich auf eine Million Pfund belaufen, vielleicht sogar mehr. Mir selbst macht das nicht viel aus, denn ich hatte ja nie damit gerechnet, dass die Monologe nochmal gedreht würden, aber für einige Mitarbeiter und Sprecherinnen ist dieses finanzielle Opfer sehr spürbar. So erstaunlich die Geste ist, sie bleibt praktisch unbemerkt.

Karfreitag, und in diesem Jahr ist Pontius Pilatus nicht der Einzige, der sich die Hände wäscht.

14. April Ich bespreche ein paar Grundlagen zu den *Talking Heads* mit allen Regisseuren in einem Zoom-Meeting. Einige Vorgänge der ursprünglichen Produktion wirken heute besonders unangemessen. Der erste Regisseur war Stuart Burge, der *Ein Kräcker unterm Kanapee* und *Ein Pomme Frite im Zucker* inszenierte. Er probte die Monologe, indem er sich etwa dreißig Zentimeter vor dem Gesicht der Schauspieler aufstellte und dort die ganze Zeit die Kamera simulierte. Zu Beginn war das verstörend, vor allem für Thora, die noch nie so rigorosen Probemethoden ausgesetzt gewesen war. Doch als Stuart sich nach einigen Tagen hinter die Kamera zurückzog, hatten wir uns so an ihn gewöhnt, dass wir beide Entzugserscheinungen bekamen. Heutzutage kommt eine solche körperliche Nähe gar nicht mehr in Frage, darum glaube ich nicht, dass meine Erfahrungen besonders hilfreich sind. Ich sage ihnen, falls sie irgendwelche Nachfragen zu den Drehbüchern hätten, sollten sie mich anrufen, aber kleine Streichungen – Anpassungen – könnten sie gern auch einfach so vornehmen, solange sie die Pointen nicht antasteten.

16. April Eine Karte von Tom King mit Neuigkeiten über mein Gesicht, das er sich auf den Arm hat tätowieren lassen: »Die Tätowierung ist immer noch sehr beliebt, auch wenn eine Person den bizarren Gedanken hatte, es handele sich um Henry Kissinger. Beim Geschlechtsverkehr ist es außerdem ein amüsanter Gesprächsanlass.« Daraus lässt sich wohl schließen, dass der Verkehr nicht sonderlich leidenschaftlich ist, denn mein Name an sich dürfte eher eine abschwellende Wirkung haben.

18. April Nick H. ruft an – nach der ersten Lesung der Monologe, die er aufnehmen wird, darunter ein neuer mit dem Titel *Der Schrein* über eine Frau, deren Ehemann bei einem Motorradunfall ums Leben kommt. Einmal redet sie über die Sandwiches, die sie ihm immer gemacht hat, »irgendwo in die Hecke geharscht«. Weder die Schauspielerin Monica Dolan noch Nick, der Regie führt, haben diesen Ausdruck je gehört, und womöglich war das eine Erfindung meines Vaters. Es bedeutete, zumindest in seinen Augen, »mit großem Nachdruck schmeißen«. Als meine Eltern aufs Dorf zogen, waren sie erstaunt, ständig Kothaufen auf ihrem Rasen zu finden. Eines Tages war mein Vater im Garten, als ein solcher Haufen durch die Luft geflogen kam, vom Grundstück nebenan, wo die alte Dame einen Hund besaß. Mit untypischer Kühnheit harschte mein Vater den Hundehaufen zurück (worauf es nie wieder vorkam), doch Harschen verblieb im familiären Wortschatz.

23. April Am St.-Georgs-Tag (und Shakespeares Geburtstag) ist die Milch sauer, weshalb es keinen frühmorgendlichen Tee und kein Frühstück gibt, ehe R. nicht zur Post gegangen ist. Ich liege also ziemlich vorzeitig um elf Uhr morgens auf der Couch, ungefrühstückt und nach einer Tasse Tee dürstend – und natürlich ist keine Menschenseele in der Nähe. Zum zigsten Mal lese ich Andrew Barrows *The Tap Dancer*, der zusammen mit Nancy Mitfords *Englische Liebschaften* sicher mein Lieblingsroman ist und von dem ich wünschte, ich hätte ihn geschrieben.

Trödelläden haben uns früher an abgelegene Orte gelockt – nach Kirkby Stephen zu Mrs Hills Küchenladen zum Beispiel, oder nach Brampton, wo es einige solcher Geschäfte gab. In den Sechzigern führten mich derartige Schatzsuchen quer durch Islington und Camden Town, und als ich Autofahren gelernt hatte, brachten mich die Trödelläden dazu, Yorkshire zu erkunden. Damals waren die ein richtiges Lockmittel. Seither hat sich der Lebensraum von Trödel erweitert, Läden sind seltener geworden und spontane Verkäufe aus dem Kofferraum längst nicht so anziehend.

28. April Das Beste, was man von einem Leser oder einer Leserin erwarten kann, ist deren Gedanke: »Hier weiß jemand, wie es ist, ich zu sein.« Das hat E. M. Forster nicht mit »only connect …« gemeint, aber ich meine es.

Heutzutage heißt »nur verbinden« die Ellbogen aneinanderzustoßen.

7. Mai Irgendwann nachmittags kommen Alex Jennings und Lesley Moors vorbei, und wir unterhalten uns auf der Türschwelle unter Einhaltung der Abstandsregeln – ich sitze auf einem Hocker, Rupert steht hinter mir. Sie bringen mir ein Geburtstagsgeschenk (noch ungeöffnet), nachdem sie Nick Hytner gerade etwas Ähnliches überreicht haben, denn der hat heute Geburtstag. Meiner ist erst am Samstag, Alex' am Tag darauf, weshalb wir alle so gut miteinander auskommen (lauter Stiere, würden manche sagen). Nick ruft später an und erzählt, wie es mit den *Talking Heads* vorangeht. Er ist voll des Lobes über die Hilfsbereitschaft der Techniker der Serie *EastEnders*, in deren Kulissen in den Elstree Studios die Monologe gedreht werden.

Harriet Walter spielt den Monolog *Aufrecht weiter* und hat Nick H. gefragt, woher ich »vornehm so gut kann«. Er hatte keine Erklärung parat und antwortete (leicht verzweifelt), er glaube, es läge an meiner Freundschaft mit Debo Mitford, Duchess of Devonshire. Das ist nicht ganz unwahr, allerdings stammen meine Kenntnisse vieler Oberschichtmotive weniger von Debo als von ihrer Schwester Nancy, deren *Englische Liebschaften* ich kenne, seit ich sie zum ersten Mal im *Majority 1931–1952* entdeckte – dem Sammelband der Veröffentlichungen des Verlags Hamish Hamilton, den ich als Student in Oxford las. »Zu viele Memoiren« wäre eine weitere Erklärung (und »ein wenig Evelyn Waugh«).

8. Mai Heute ist der verschobene Maifeiertag zur Erinnerung an den 75. Jahrestag des Kriegsendes in Europa. Der private Fernsehsender *London Live* hat eine ganze »Kriegswoche« im Programm, mit reichlich Berichten darüber, wie sehr die Nation von 1939 bis 1945 zusammenrückte, was unwillkürlich ironisch klingt angesichts der wachsenden Erkenntnis, wie inkompetent unsere aktuelle Regierung mit dem Virus umgeht.

9. Mai Das tadellose Wetter gestern und heute macht deutlich (durch die Menschenmassen auf dem Primrose Hill), wie wenig der Lockdown noch befolgt wird.

11. Mai Boris Johnsons Rede an die Nation am Abend ist ziemlich sinnlos. »Bleiben Sie wachsam« bedeutet gar nichts. Er ist so ein schlechter Redner oder überhaupt Sprecher, dass man beinahe Mitleid für ihn empfindet und die Schlichtheit eines Keir Starmer als Erlösung.

Zum Geburtstag hat R. mir *The Stonemason: A History of Building Britain* von Andrew Ziminski geschenkt, die Erinnerungen eines Steinmetzes, der sein Leben lang alte und sogar prähistorische Bauwerke und Monumente restauriert hat, vor allem in Wiltshire. Es ist zugleich eine Geschichte alter Baumethoden und -materialien, besonders der Sarsensteine, und in einem Kapitel stellt der Autor sehr sorgsam und gewissenhaft einen Menhir her – mit den gleichen Werkzeugen und Methoden wie seine steinzeitlichen Vorfahren. Im Buch geht es ebenso sehr um Landschaft wie darum, was unsere Vorfahren daraus gemacht haben, und es holt die Vergangenheit gut in die Gegenwart herein – der einzige Wermutstropfen ist für mich, dass es sich sehr auf Wiltshire und den Südosten Großbritanniens konzentriert. Während es in Ilkley und Umgebung von bronzezeitlichen Überresten wimmelt, sind sie in unserem Teil Yorkshires weiter nördlich vermutlich eher rar gesät.

Vor einigen Jahren haben wir selbst einen Menhir erworben, in einer Schutthalde in Accrington, wo wir nach gebrauchten Steinplatten für den Küchenboden gesucht hatten. Es handelte sich um einen massiven Granitpfeiler, die Hälfte eines uralten Eingangstors, in dem noch die schmiedeeisernen Angeln steckten. Er steht majestätisch am Ende des Gartens – nun eine Waise, denn unser Dorf liegt im hauptsächlich auf Kalkstein ruhenden Craven District. Nicht direkt ein Findling.

Ich habe einmal einen Steinmetz getroffen, passenderweise in einem Baudenkmal, nämlich dem Pantheon in Rom; er war bestimmt der Einzige unter den zahllosen Touristen, der sich das Bauwerk unter dem Gesichtspunkt anschaute, wie es wohl errichtet worden war. Rupert betrachtete es als ein klassisches Interieur. Ich vermute, dass ich selbst gar nicht richtig hinsah, sondern nur froh war, mich endlich setzen zu können, und zwar neben den Steinmetz mit seinem Vater, mit dem ich mich unterhielt.

12. Mai Gestern Nachmittag ruft Charles Walker von meiner Literaturagentur United Agents an und fragt, ob ich wisse, dass Tony Cash gestorben sei (ich wusste es nicht). Tony und ich waren Klassenkameraden an der Leeds Modern School, im künstlerischen Zweig, und eine Weile sogar Tischnachbarn. Ich glaube, er kam ursprünglich aus Scarborough, und sein Vater war Koch. Sein jüngerer Bruder Bernard, der ebenfalls auf die Schule ging, starb jung, mit Mitte zwanzig. Beide waren sehr musikalisch und jazzbegeistert – Tony spielte Klarinette und war mit Alan Cooper von *The Temperance Seven* befreundet. Er war extrovertierter als ich – ich war damals sehr konservativ in jeder Hinsicht, Tony hingegen ein Linker, sah sich vielleicht sogar als Kommunist; jedenfalls nicht als Christ, was ich zu sein behauptete. Er hasste die Schuluniform, denn er war schon ein junger Mann und trug eigentlich keine Schülermütze mehr, sondern ein aktuelles Modell aus Cord. Er gehörte zu dem halben Dutzend von uns, die sich 1951 für Oxford und Cambridge bewarben, und bekam einen Studienplatz am College St Edmund Hall. Er absolvierte seinen Militärdienst bei der Marine und landete ebenso wie ich in einer anderen Abteilung der *Joint Services School for Linguists*, nämlich in der als »Russischkurs« bekannten Ausbildungsabteilung für geheimdienstliche Tätigkeiten; später war er als Kodierer in Deutschland stationiert. Nachdem wir in Oxford miteinander zu tun gehabt hatten, begegneten wir uns das nächste Mal in der Fernsehwelt, wo er bei der BBC für Melvyn Bragg arbeitete. Dank Tony konnte ich die Sendereihe *Poetry in Motion* rausbringen, wofür ich dankbar bin. Er war gesprächig, begeisterungsfähig und immer wertschätzend. Da er während der Coronapandemie starb, dürfte er kaum die Trauerfeier erhalten haben, die er verdient, vielleicht nicht mal eine Beerdigung. Ich habe seine Mütze aus Schultagen noch vor Augen – sie sah aus wie ein Pantoffel.

Ich erinnere mich außerdem an einen der Abende im St Michael's Youth Club in Headingley, als er und Alan Cooper sich gar nicht einkriegen konnten über das Ende von Beethovens Fünfter, weil Beethoven anscheinend nicht gewusst hatte, wie er sie beenden sollte – ein Problem, das einige Jahre später auch Dudley Moore auffiel und er höchst wirkungsvoll in unserer Comedy-Show *Beyond the Fringe* ausschlachtete.

15. Mai Meine Hände habe ich nie besonders gemocht. Da sie jetzt so viel gewaschen werden, wie man uns rät, kann ich sie kaum noch ansehen: glänzend, voller Adern und so durchsichtig wie ein anatomisches Schaubild. Weit entfernt von den glanzlosen, soliden, vernünftigen Werkzeugen, die ich mir immer ersehnt habe. »Künstlerischer«, könnte man sagen. Die Hände einer alten Dame, die untätig irgendwo in einem Schoß liegen.

17. Mai Erinnere mich, wie ich auf meinem Hotelbett im *University Arms* in Cambridge lag, am Nachmittag vor der ersten Vorstellung von *Beyond the Fringe* im Mai 1961, und dem Hämmern und Schaben der Bauarbeiter lauschte, die gerade die Colleges aufhübschten, und niemals gedacht hätte, dass ich mich mein ganzes Leben lang dieses Nachmittags entsinnen würde.

30. Mai Jemand schreibt mir wegen meines Texts zu Thomas Hardy in den *Six Poets*, wo ich die Anekdote wiedergebe, wie Hardy sich einmal mitten in einer Schafherde auf alle viere niederließ und so tat, als würde er Gras fressen, um zu spüren, wie es sich anfühlte, ein Schaf zu sein. Zur Überraschung der mir schreibenden Person verhielten sich die Schafe bei ihr genau wie in der Anekdote – sie versammelten sich im Kreis und beobachteten. Ein zweiter Versuch jedoch erregte nichts als völlige Gleichgültigkeit.

1. Juni Ich komme zum Ende von *English Pastoral*, James Rebanks' zweitem Buch über seine Erfahrungen in der Landwirtschaft. Es ist anstrengender zu lesen als *The Shepherd's Life*, denn der Mittelteil über das Vordringen der Massentierhaltung ist nur schwer zu ertragen. Zum Glück wendet sich das Blatt zumindest in seinem eigenen Leben, Rebanks kann wieder zu den traditionellen Methoden der Landwirtschaft zurückkehren und macht daher ein wenig Hoffnung, ohne dabei zu »schöner Literatur« zu werden, wie so viele andere Bücher über das Landleben. Es lässt sich jedoch – auch wenn das eine eigennützige Beobachtung ist – als Kommentar zum letzten Monolog in meinem Stück *Forty Years On* lesen: »Waren wir als Kinder bloß dichter am Boden oder ist das Gras heute leerer?«

3. Juni George Fenton ruft an. Fragt mich, wo ich bin.

»Auf dem Sofa.«

»Normale Position?«

20. Juni Als wir von 1944 bis 45 in Guildford wohnten, aßen wir oft (mussten wir oft essen, um ehrlich zu sein) im dortigen *British Restaurant*. Das war eine Kantine für Regierungsangestellte mit ziemlich schlichtem Schulmensa-Essen und Selbstbedienung. Als Kind fand ich es heikel, in der Öffentlichkeit zu essen, und es war mir immer peinlich, wenn meine Eltern die Kantine aufsuchten, auch wenn sie sich wahrscheinlich nichts anderes leisten konnten. Mir war sehr rasch etwas peinlich, dabei ging ich erst in die Grundschule, während mein Bruder schon auf der Guildford Grammar School war, damals wie heute eine ziemlich elitäre Schule, und also viel mehr Grund zur Verlegenheit hatte. Guildford hatte eine reiche Auswahl an Cafés und Schnellrestaurants, das gepflegteste (und kein bisschen peinliche) war das Corona am Ende der High Street, in dessen Schaufenster sich eine Trommel mit Kaffeebohnen drehte, die ein berauschendes Aroma verbreiteten. Ein weiteres hieß The Good Oven, dort waren die Scones besonders beliebt. In Leeds hätte es als Nahrungsergänzung immer Fish & Chips gegeben, und solche Imbisse gab es sogar in Guildford. Aber die verwendeten zum Frittieren Öl, nicht den Rindertalg, den wir seit Kindertagen gewohnt waren. Für unsere Nasen roch Öl ekelhaft und war ein weiterer Aspekt des Landesteils »unten im Süden«, der sich als enttäuschend erwies.

10. Juli Die Isolation, wenn man sie so nennen will, beraubt mich allmählich der Sprache. Heute musste ich dem Optiker am Telefon erklären, wie der Steg meiner Brille gebrochen ist, und das brachte mich so in Verlegenheit, dass Rupert übernehmen musste. Er fand das überhaupt nicht seltsam. Ich schon.

17. Juli Ich habe mir die Aufnahmen der *Talking-Heads*-Monologe angesehen, aber hatte wegen der Abstandsregeln den Proben nicht beiwohnen oder die Darsteller oder Regisseure treffen können. Ich schicke ihnen Dankesbotschaften und die besten Wünsche, und heute kommt eine reizende Karte von Martin Freeman, den ich nicht kenne, der sich aber so lobend über »seinen« Monolog (*Ein Pomme Frite im Zucker*) äußert, dass ich ihm sogleich zurückschreiben und dafür danken will, was es wie zu einer Episode aus *Frau mit Füllfederhalter* macht – ein Dankesbrief für einen Dankesbrief. Ich bin so erfreut darüber, dass ich Martins Postkarte in der Tasche herumtrage wie einen Handwärmer.

19. Juli Der heutige *Observer* enthält viele deprimierende Nachrichten, doch am düstersten stimmt die Meldung, dass der ehemalige Cricketspieler Ian Botham wegen seiner Parteinahme für den Brexit in den Adelsstand erhoben werden soll.

24. Juli In einem Artikel im *Times Literary Supplement* liest und rezensiert die Historikerin Mary Beard erneut Fergus Millars *The Emperor in the Roman World* von 1977. Ich habe ihn in Oxford öfter gesehen, ein kräftiger junger Mann mit schwerem Kopf, der anscheinend immer gerade vom Squash kam. Ich wusste damals, dass er ungeheuer klug war, und schwärmte aus der Ferne (bei mir geschah das immer aus der Ferne) ganz schrecklich für ihn. Im Rückblick war es ein Stück weit sein Name, den ich so glamourös fand, aber in meinem Alter und da er verstorben ist, darf ich das wohl ausplaudern. Ich muss ihn allerdings wohl auch beneidet haben, denn als ich jetzt lese, was Mary Beard an seinem Erfolgsbuch auszusetzen hat, finde ich das nicht unerfreulich. Er sah ein wenig aus wie der walisische Schauspieler Ioan Gruffudd.

4. August Rupert geht nach oben zu seinem Pilates-Training per Zoom. Seine Trainerin wohnt um die

Ecke, aber im Augenblick ist sie bei ihrem Ehemann in Kanada. Dennoch geht er jetzt in T-Shirt und Shorts nach oben, denn das Training ist recht anstrengend, unabhängig davon, dass sie am anderen Ende der Welt sitzt.

12. August Gestern eine Abwechslung in unserer Routine, als wir statt unseres Gesundheitsspaziergangs im Regent's Park herumfahren. Da ich selbst nicht mehr radle, erstaunt mich die Zahl der Radfahrer, von denen die wenigsten entspannt unterwegs sind, sondern meist im Rudel, mit hoher Geschwindigkeit und ohne große Rücksicht. Wir halten an und sitzen eine Weile im Queen Mary's Garden – der um halb acht menschenleer ist. Mindestens zwei Jahre habe ich ihn nicht mehr besucht, es ist idyllisch.

13. August Großer Streit um die Schulabschlussprüfungen. Ich bin nicht sicher, ob es mir genützt hätte, wenn meine Abschlussnote auf der Kursnote beruht hätte. Ich war gut in Prüfungen, aber im Unterricht nicht besonders ausdauernd. Ich brauchte immer einen Anlass, um Leistung zu zeigen, und zog für die A-Level-Prüfungen (oder *Higher School Certificate*, wie es damals hieß) sogar einen Anzug an. An der Universität war es genauso, und als ich vor einigen Jahren die Beurteilungen meines Colleges einsehen konnte (die Zeugnisse werden in der Bodleian Library aufbewahrt), erwiesen sie sich als ziemlich durchschnittlich. Bei der Examensprüfung konnte ich den Eindruck erwecken, klüger zu sein, als ich tatsächlich war, und über unerschlossene intellektuelle Reserven zu verfügen, die anzuzapfen nur Zeitmangel mich gehindert hatte. Das gehörte alles zum Blenden und Angeben, was ich schon seit der Grundschule beherrschte.

16. August Jeden Abend gegen acht Uhr drehen wir zu Fuß eine Runde um den Block – was tatsächlich nur drei Minuten dauert. Unter normalen Umständen ist es eine vorbildliche Angewohnheit von Rupert, herumliegenden Müll aufzuheben und in einen Abfallbehälter zu werfen. An diesem Abend aber hebt er ein Stück Papier an der Ecke der Regent's Park Road auf, das sich als (gerade benutztes) Papiertaschentuch herausstellt. Er ist entsetzt, und wir eilen nach Hause, damit er es ordentlich entsorgen und sich die Hände waschen kann. Wir haben allerdings nicht bedacht, dass heute Donnerstag ist und unser Fortkommen durch laute Salven von Applaus und Topfschlagen auf den Balkonen und Terrassen der Nachbarschaft begleitet und behindert wird, mit denen der NHS gefeiert wird. Rupert kann mitklatschen (selbst mit dem verseuchten Taschentuch in den Fingern), ich jedoch nicht, denn ich muss mich auf meinen Gehstock stützen. Es wirkt außerdem so, als würde ich durch meinen Gang über die Straße den Applaus explizit würdigen oder ihn gar hervorrufen. Ich versuche diesen Eindruck durch schwaches Lächeln und Kopfschütteln zu verwischen, doch das sieht bloß nach Bescheidenheit aus. Ein absurdes und unerklärbares Ereignis.

20. August »Robust«, eines der Lieblingswörter der Rechten. Es bedeutet auch »hartherzig«.

26. August Yorkshire. Als er Unkraut jätet, findet R. einen Molch im Graben.

4. September Deine Werke »erzählen den Menschen, dass du gelebt hast«. Lucian Freud.

8. September Ein Telefonat heute – eine Frau erkundigt sich, ob ich schon Vorkehrungen für meine Beerdigung getroffen habe. Immerhin keine Stimme vom Band.

14. September Yorkshire. Große Traurigkeit heute, als wir erfahren, dass Jane Manserghs Antiquariat beim Settle Market Place zugemacht hat, und zwar nicht nur während der Pandemie, sondern für immer. Es war ein reizender Laden voller unerwarteter Schätze und absurd preisgünstig. Jane war den Einsamen und Exzentrischen eine Freundin, selbst sehr gläubig, was sich jedoch nur an der Größe ihrer theologischen Abteilung erkennen ließ. Einmal bat ich sie, für mich Ausschau nach egal welcher Ausgabe von *Moby Dick* zu halten, und musste feststellen, dass der Roman wegen seines Themas auf ihrer schwarzen Liste stand. Es gab bei ihr Exotisches zu finden: Ein Privatdruck von Cyril Connollys *Das ruhelose Grab* zum Beispiel, doch nichts war so unerwartet wie das von Anthony Blunt signierte Widmungsexemplar eines Kunstbandes, das gleich um die Ecke in der Altersabteilung auftauchte.

15. September Sehr vermisst wird in diesen schändlichen Zeiten Tom Bingham, der frühere Oberste Richter und Rechtsphilosoph, der Boris Johnson das Fürchten gelehrt hätte. Sie haben beide am Balliol studiert, einer gereicht dem College zur Ehre, der andere nicht. Ich beneide die Professoren des Balliol nicht, wenn sie vor dem Dilemma stehen, dem Premierminister nach seiner Amtszeit die übliche Ehrenprofessur verleihen zu sollen. Immerhin gibt es bei der Verweigerung dieser akademischen Auszeichnung einen Präzedenzfall, dieser war eine der wenigen Kränkungen, die Mrs Thatchers dickes Fell durchdrangen.

20. September Victoria Woods Biograph Jasper Rees schickt mir einen Brief, in dem ich eine Rolle in ihrer Comedyserie ablehnte: »Ich ertrage es nicht, noch mehr Männer mit Staubtüchern zu spielen. Das soll nicht heißen, dass ich jetzt Burt-Reynolds-Rollen spielen will, aber sagen wir irgendwo zwischen ihm und Richard Wattis – das sind die Parameter.«

Sie war eine tolle Frau, und ihre Bühnenshow »Let's Do It« in der Royal Albert Hall war legendär. Ich hoffe nur, dass Noël Coward noch in der Lage war, sie darin zu sehen. Ich lernte sie auf beinahe epische Weise im Sainsbury's in Lancaster kennen, an der Avocado-Theke. Ihre Sitcom *Dinnerladies* war oft sentimental, doch in der Figur des Handwerkers, gespielt von Duncan Preston, hat sie das Idiom eines altmodischen Mannes aus der Arbeiterklasse eingefangen: elaboriert, belesen und sprachverliebt, was für den englischen Norden typischer ist (oder war) als die klischeehafteren Dialektversionen.

20. September Ich erinnere mich an Hectors Zitat aus *Henry IV., 2. Teil*, das in der Verfilmung meines Stücks *The History Boys* unbemerkt verklingt:

Der frohste Jüngling, diesen Fortgang schauend,
Wie hier Gefahr gedroht, dort Leiden nahn,
Er schlöss das Buch und setzte sich und stürbe.

21. September R.s Nichte Louisa steht mit ihren zwei Jahren aufs Verkleiden (und erfreut damit ihre Oma Diana). Ihre jüngste Kostümierung ist ein Paar rosaroter Dinosaurierstiefel. Als ihr Bruder Freddy, inzwischen sechs Jahre alt und seinem Vater Owen sehr ähnlich, die Stiefel sah, sagte er, er wolle auch ein Paar, »nur ohne die Wimpern«.

3. Oktober Als ich einen Artikel über Universitäten im *Times Literary Supplement* lese, erinnere ich mich an Richard Pares, dessen letzte Vortragsreihe ich 1957 in Oxford hörte. Er war offensichtlich todgeweiht, hielt die Vorlesung im Rollstuhl und war kaum zu hören, während ein Professorenkollege ihm die Seiten umblätterte. Sein Thema wäre heute politisch – der Einfluss der Zuckerwirtschaft auf die britische Politik –, und es wurde nicht, wie es heute der Fall wäre, mit humanitärem, die Sklaverei geißelndem Unterton vorgetragen, sondern ganz sachlich und ohne Belehrung. Damals wusste ich es noch nicht, aber Pares hatte eine Art Damaskuserlebnis: Als Student hatte er zu einem Kreis um Evelyn Waugh gehört, ehe er dem Leichtsinn des akademischen Lebens den Rücken kehrte. Doch das Schauspiel – und ein Schauspiel war es – eines Menschen, der seine letzten Atemzüge dem Studium der Geschichte widmete, lehrte mich mehr als alle Tutorien und Seminare, die ich in Oxford besucht hatte und die nun im letzten Semester vor den Prüfungen zu ihrem Ende kamen.

9. Oktober Gegen zehn Uhr morgens klingelt es an der Tür, als ich gerade im Flur stehe – oft komme ich in diesen Tagen nicht mehr rechtzeitig hin. Es ist ein arbeitsloser junger Mann, nicht mit der typischen Tasche, sondern einfach nur er. Er bleibt in sicherer Entfernung stehen, wie ich auch, fängt aber sofort mit seinem Sermon an, dass er aus Middlesbrough komme und in einem Arbeitsbeschaffungsprogramm sei, ob ich irgendwas in Richtung Staubtücher oder Geschirrhandtücher benötige. Solche Hausbesuche sind nicht selten, zumindest vor dem Lockdown, und wir sind längst mehr als gut versorgt. Normalerweise kann ich mich mit ein oder zwei Pfund Spende freikaufen, doch diesmal ist das nicht so einfach, denn er setzt sofort zu seinem nächsten Monolog an, dass er keine Almosen möchte und tatsächlich etwas zu verkaufen hat – Waren müssen den Besitzer wechseln. Doch da jetzt jemand auf meiner Schwelle und in meinem Luftraum steht und Münzen selbst Infektionsträger sind, versuche ich nicht mal, ihn zu bestechen, und höre mich die absurde Ausrede anbringen: »Es tut mir leid, aber wir haben Corona.« Der Junge akzeptiert die Lüge widerspruchslos und wendet sich schon ab, bevor ich die Tür schließen kann. Diese unterwürfige Akzeptanz hängt mir nach; dies ist sicher nicht die erste Ablehnung, die er heute Vormittag erfährt, doch womöglich die erste so konkrete.

22. Oktober Ich verstehe die Lyrik in der *London Review of Books* nicht immer, beziehungsweise neue Lyrik überhaupt, und was mir beim Gedicht »John's & Sam's« von Steve Ely ins Auge fällt, ist weniger das Gedicht selbst als die Fußnote, die erklärt, dass die Brauerei von John and Samuel Smith am Fluss Wharfe in der Nähe von Tadcaster liegt, stromaufwärts von den ehemaligen Aalreusen von Ulleskelf. Und Ulleskelf kommt mir bekannt vor. Dort habe ich selbst geangelt. Das ist lange her, fast achtzig Jahre schon, doch die Langeweile dieses Erlebnisses habe ich noch frisch in Erinnerung.

Mein Vater interessierte sich nicht für Sport. Als wir einmal nur einen Steinwurf vom Cricketfeld in Headingley entfernt wohnten, ermunterte Dad meinen Bruder oder mich niemals, zu einem Spiel zu gehen, und ging selbst auch nie hin. Abgesehen von Sport verfiel er aber verschiedenen Hobbytrends. Er war als Schlachter bei der Genossenschaft angestellt und hatte nur sonntags frei, um sich diesen unterschiedlichen Beschäftigungen zu widmen. Da waren zum Beispiel Laubsägearbeiten: Vor dem Kamin beugte er sich über die kleine Werkbank von Hobbies und bastelte Holzspielzeug, das er für ein paar dringend benötigte Pfund in der County Arcade in Leeds verkaufte. Außerdem gab es selbstgebrautes Kräuterbier, alkoholfrei, aber hochexplosiv, das regelmäßig die Waschküche in Trümmer legte. Doch vor allem gab es die Geige, die bloß als Hobbytrend zu bezeichnen ungerecht wäre, denn er brachte es sich selbst bei und spielte sein Leben lang ganz gut. Und dann gab es noch die hoffnungslosen Versuche bei *Bullets*, einem Literaturwettbewerb in der Wochenzeitschrift *John Bull*, bei dem er keinen Penny gewann. Und ganz kurz gab es eben auch Angeln.

Angeln wird im Allgemeinen als einsame Beschäftigung betrachtet. Das ist einer seiner Vorzüge. Nicht so in der Familie Bennett. Wenn Dad angeln ging, mussten wir alle mit: mein Bruder und ich und (als kurze Unterbrechung ihrer eigenen Obsession, des Bastelns von Lampenschirmen) meine Mutter. Sonntags gingen wir oft wandern, auch wenn wir es nicht so nannten und es an unserer Kleidung kaum abzulesen war: Mein Bruder und ich hatten unsere Schuluniform-Mützen auf, Mam trug ihren Flaniermantel und Dad seinen »anderen Anzug« – das heißt nicht den mit der fettfleckigen Fleischthekenhose. Wir machten nie richtig mit, kauften aber die nötige Ausrüstung, sahen passend gekleidet aus, und das war es dann mit dem Angeln.

Dennoch hatten wir keine andere Wahl, als uns der, wie man heute wohl sagen würde, »Angel-Community« anzuschließen und den Angelzug früh am Sonntagmorgen vom Hauptbahnhof in Leeds zu nehmen. Wie alle Züge zu Kriegszeiten – es war im Jahr 1941 – war dieser rappelvoll, und mein Bruder erinnert sich, dass er und ich schon in den Waggon gezerrt wurden, als der Zug noch am Gleis einfuhr. Unter den erfahrenen (und wetterfest gekleideten) Anglern stach die Familie Bennett hervor, besonders Mam, denn Anglerinnen gab es nur sehr wenige. Mein Bruder weiß noch, wie sie besonders unglücklich darüber war, dass die Gepäcknetze mit Fischzubehör verstopft waren und Maden auf die ungerührten Anglerköpfe herabrieselten.

Unsere Sonntagsausflüge waren keine reinen Ausflüge in die Natur. Im Sommer pflückten wir auf den Hügeln von Ilkley Moor Heidelbeeren, im Herbst sammelten wir Brombeeren in East Keswick und sehr selten (und viel zaghafter) Pilze. Theoretisch hätte Angeln diese Liste produktiver Unternehmungen verlängern können, aber nicht so, wie Dad es anging, und ganz sicher nicht an dem von ihm gewählten Platz in Ulleskelf.

Der Wharfe ist ein hübscher Fluss, an seinem Oberlauf – bei Burnsall zum Beispiel oder der Bolton

Abbey – sogar spektakulär. Weiter flussabwärts jedoch, südlich von Harewood im Flachland von East Yorkshire, strömt er zwischen schlammigen Böschungen und Rhabarberfeldern dahin als ziemlich trübseliger Wasserlauf. Ebenso sieht Leeds' eigener Fluss aus, die Aire. In der schwimmen ebenfalls keine Fische, aber immerhin steht dort die Kirkstall Abbey. In Ulleskelf gab es hingegen überhaupt nix, und wenn es Dad mal gelang, seine Angel bis in die Flussmitte auszuwerfen, wurde sein Köder von den wenigen Fischen verschmäht, die in den trüben Tiefen gründelten. Bei den drei oder vier Angeltouren, die wir dorthin unternahmen, biss kein einziges Mal einer an. Mam saß derweil mürrisch mit ihrer *Woman's Own* etwas beiseite, mein Bruder und ich lasen Comics, während der Schwimmer niemals zuckte. Steve Elys Gedicht oder vielmehr die Fußnote dazu erwähnt eine Aalreuse und Räucherei in Ulleskelf, von der wir aber nichts ahnten, und hätte Mam gewusst, dass wir womöglich auf eines dieser geheimnisvollen und schmutzigen Wasserwesen stoßen würden, wäre mit dem Angeln sofort Schluss gewesen.

Obwohl der Zug immer gerammelt voll war, kann ich mich nicht erinnern, jemals andere Angler am Flussufer gesehen zu haben. Vielleicht angelte Dad am ganz falschen Platz und war zu schüchtern, mal nachzufragen. Die wenigen Fahrten jedoch reichten aus, um dieses Fleckchen des südlichen Yorkshire als beinah einzigartig trostlos abzustempeln. Dabei hat es durchaus historischen Wert. Towton, der Schauplatz der entscheidenden Schlacht im Rosenkrieg, ist nicht weit entfernt, und einige Jahre später lernte ich in der Schule, dass sich im Cawood Castle (inzwischen im Besitz des Landmark Trust) der berühmte

Kardinal und Lordkanzler Wolsey aufhielt, bevor er in Ungnade fiel, in die Abtei Leicester geschafft wurde und dort starb.

7. November Am Nachmittag ruft Rupert von oben herunter, dass Joe Biden genug Wahlmänner beisammenhat und zum Sieger der Präsidentschaftswahl erklärt und dass die Geißel Trump von uns genommen wurde. Trump gibt es allerdings nicht zu. Lynn Wagenknecht schreibt eine Textnachricht aus New York, dass auf den Straßen getanzt werde, und hält dann beim Anruf das Handy in die Höhe, damit wir den Jubel hören können. Das dürfte die Menschen auch hier zum Lächeln bringen, nur ist niemand auf der Straße. Was für eine Erleichterung.

8. November Schaue mir die ausgedünnte Gedenkveranstaltung am Kenotaph zum Ende des Ersten Weltkriegs im Fernsehen an, bei der Ihre Majestät die Königin ein wachsames Auge auf die geänderte Choreografie hat. Gleich zu Beginn der Zeremonie werde ich jedoch abgelenkt, weil Rupert im Garten einen Fuchs entdeckt. Unser Garten ist winzig und von Mauern umgeben (was ihn jedoch nicht zu einem ummauerten Garten macht), bietet dementsprechend keinen offensichtlichen Zugang für Füchse. Das Tier schläft fest, das einzige Lebenszeichen ist ein gelegentliches Ohrenzucken, bis sie (ich glaube, es ist eine Fähe) vermutlich von den fernen Salutschüssen geweckt wird. Sie erweist sich als rund und wohlgenährt, womöglich trächtig. Sie verweilt noch ein wenig, schiebt die weiße Schnauze durch das Gitterwerk oben auf der Mauer, ehe sie nach nebenan verschwindet. Inzwischen haben die Kranzniederlegungen begonnen, die mich immer beeindrucken. Sollte ich jemals gebeten werden, am Kenotaph einen Kranz niederzulegen, müsste ich dankend ablehnen, allein weil ich nicht die paar Schritte rückwärts gehen kann, die dafür nötig sind. Keine geringe Leistung der Queen, dass sie das auch mit über neunzig noch hinbekommt.

12. November Reizende Begegnung heute Vormittag. Rupert geht die Zeitung kaufen, und ich begleite ihn bis zu den Bänken am Chalcot Square, wo ich auf seine Rückkehr warte. An diesem Morgen fegt ein großer Schwarzer das Laub zusammen und warnt mich vor dem Hinsetzen, weil die Bank nass sei. Dann fragt er mich nach meinem Alter – und ich antworte, ich sei so alt wie sein Großvater. Ob ich mich an den Zweiten Weltkrieg erinnere? Ja, sage ich – und ich kann mich tatsächlich an den Tag erinnern, als er begann. Er spricht noch viel länger mit mir, freundlich lächelnd, aber mein Hörgerät funktioniert nicht, weshalb ich nicht alles verstehe, was er sagt. Wären wir nicht im Lockdown und müssten all diese Regeln einhalten, hätte ich ihm die Hand geschüttelt – nun schaue ich dauernd aus dem Fenster, ob er nicht auch in unserer Straße das Laub zusammenfegt und ich ihm ein Stück von Dianas glasiertem Ingwerkuchen hinausbringen kann. Diese Begegnung lässt mich den ganzen Vormittag lächeln.

17. November Überlege, mir Wörter zu notieren, die ich sehe, aber nicht verstehe und erst recht nicht verwende, wie zum Beispiel »double down«.

26. November Eine neue Graham-Greene-Biografie: nicht gelesen, wie, so muss ich gestehen, auch die meisten seiner Werke. Der durchschimmernde Katholizismus hat mich abgeschreckt, und seine häufigen »seltenen« Interviews. In den 1960ern war er ein Liebling der Sonntagszeitungen, und es hieß immer, er lebe zurückgezogen, doch in Wahrheit gierte er nach Öffentlichkeit. All meine Vorbehalte wurden bei unserer einzigen Begegnung im Jahr 1977 bestätigt. Ein Stück von mir lief im West End, *The Old Country* mit Alec Guinness. Inzwischen finde ich es zu textlastig, zu handlungsschwach – es war eine Geschichte über einen abtrünnigen Mitarbeiter des Außenministeriums, der nun in der Sowjetunion lebt und zurück nach Hause gelockt werden soll, wo man ihn womöglich zur Verantwortung ziehen wird. Die Kritiken waren gut, obwohl viele Journalisten und sogar Theaterrezensenten darauf beharrten, dass der Spion Hilary auf Kim Philby basiere. Das hatte ich so nie beabsichtigt, mein Vorbild war eher W. H. Auden und das Thema Exil, doch das Missverständnis hatte dem Kartenverkauf sicher nicht geschadet.

Im Lauf der Zeit kamen verschiedene Berühmtheiten nach der Vorführung hinter die Bühne, um A. G. zu sehen, und er selbst bat mich eines Abends in die Garderobe, weil Graham Greene im Publikum sei. Ich ging brav nach hinten, erinnere mich aber kaum an das Gespräch (es gab auch wenig Gespräch zu erinnern). Mir ist nur dauerhaft im Gedächtnis geblieben, noch nie eine so schlaffe Hand geschüttelt zu haben wie die von Greene. Außerdem sagte er kein Wort über das Stück, weder positiv noch negativ. Vielleicht hatte er als Freund und hartnäckiger Verteidiger Philbys wie einige Zeitungen Alecs Figur fälschlich als Philby interpretiert. Ich fand seinen Auftritt jedenfalls würdelos. Wenige Abende später löschte eine andere Besucherin diese Erinnerung völlig aus: Es handelte sich um die Schauspielerin Coral Browne, die witzig war, voller Anekdoten steckte und das Stück sogar mochte. Sie brachte es mit eigenen Erlebnissen in Moskau in Verbindung, wo sie Philbys Spionage-Mitstreiter Guy Burgess getroffen hatte, und lieferte mir damit die fertige Handlung für ein neues Stück, nämlich *An Englishman Abroad.*

1. Dezember Eine Postkarte von einem Freund, Paul Fincham, der mich auf eine Passage in *Kilvert's Diary* hinweist (was ich gelesen zu haben glaubte):

> Neujahrstag 1872. Bin mit der Mittagskutsche nach London gefahren. Um 3 Uhr nachmittags im Gloucester Crescent 23 angekommen. Katie kam heruntergelaufen und öffnete – hübscher als je zuvor. Der Mönch war gnädig gestimmt und umarmte mich lächelnd. Mary, das Baby, ist reizend – blaue Augen und rosige Pausbäckchen, eine richtige Wyndowe. Sie wird einmal sehr hübsch werden.

Diese unschuldige Freude an kleinen Mädchen – es handelte sich um Kilverts Nichten – ist eine typische Passage aus den Tagebüchern des jungen viktorianischen Geistlichen. Wenn sich aber die Hausnummern nicht geändert haben, dann ist Nummer 23 am Gloucester Crescent mein gelegentlicher Wohnsitz und zudem das Zuhause der *Lady im Lieferwagen*, der die Kinder ganz und gar nicht gefallen hätten.

Mark Bostridge erklärt mir, dass Kilvert seine jüngere Schwester Emily (Wyndowe) und ihre Familie besucht haben muss. Ein schöner Gedanke, dass Kilvert einmal in meinem Haus zu Besuch war. Er reiht sich in eine Gästeliste ein, zu der

Barbra Streisand
Kenneth Williams
John Gielgud
Vincent Price
Morrissey

gehören. Nun kann noch der Name des Reverends Francis Kilvert hinzugefügt werden.

2. Dezember Ein litotisches Temperament – das Positive auf negative Art zu sehen: »Nicht schlecht.«

3. Dezember Ich lese mit höchstem Genuss Ferdy Mounts *Kiss Myself Goodbye* (und überstehe sogar ein Kapitel über Autorennen).

Außerdem erfreut, meinen Namen beifällig erwähnt zu finden in Shaun Bythells beliebtem Weihnachtsgeschenkbuch über die Gestalten, die (sich beschwerend, pfeifend, furzend) Buchantiquariate heimsuchen, und zwar weder als Beschwerdeführer noch als Pfeifer oder Furzer.

9. Dezember Es tut mir leid, dass das diesjährige Tagebuch sich so ausgiebig mit meinem körperlichen Verfall beschäftigt. Der Abschied vom Fahrrad war in gewissem Maße ein Abschied von der Gesundheit, die es mir verschaffte. Inzwischen ist mein Leben zunehmend von Medikamenten bestimmt. Auf meinem Weg durch den therapeutischen Dschungel bin ich zum

Glück mit Louise gesegnet, einer idealen Apothekerin, frohgemut, witzig und nicht nachtragend. Sie arbeitet in einer sehr belebten Apotheke in Camden Town mit hohem Anteil an ehemaligen Drogenkranken und Greisen wie mir selbst, denen Louise nicht bloß Medizin, sondern auch dringend nötige Aufmunterung verabreicht. Nur zu gern erkenne ich an, welchen Anteil sie an meinem Wohlergehen hat. Ich koste unseren National Health Service sicher ein Vermögen, und ich bin froh, dass wir durch die *Talking Heads* zumindest einen Teil davon zurückzahlen konnten, wenn auch nur einen kleinen. Boris Johnson nennt ihn beständig »unseren NHS«, auch wenn das keine Versicherung dafür ist, dass er ihn nicht bei der ersten Gelegenheit verscherbeln würde. Da er nun seinen Kumpan jenseits des Atlantiks verloren hat, bleibt zu hoffen, dass sich jetzt weniger Derartiges zuträgt.

15. Dezember Es gab 1914 Menschen, die glaubten, ein Krieg sei jetzt genau das Richtige – zur gesellschaftlichen Reinigung, als heilsamer Schock. England würde es danach besser gehen. Während wir auf die Ergebnisse der endgültigen Brexit-Verhandlungen warten, leben die Erben dieser Narren immer noch unter uns.

24. Dezember Am Spätnachmittag schauen wir uns *Carols from King's* an, was diesmal allerdings nicht die traditionelle Andacht aus neun Bibellesungen und Weihnachtsliedern ist. Vielleicht befürchtet die BBC oder gar das King's College, den Menschen zu viel Religion zuzumuten. Der Gottesdienst ist dramatisch aufgebaut, beginnt mit Jesaja und endet mit der

Weihnachtsgeschichte und den ersten Versen des Johannesevangeliums. Heutzutage, oder jedenfalls am heutigen Tag, gibt es keine neun Lesungen, sondern ein Potpourri andächtiger Augenblicke, gut gemeint, aber ohne Erzählbogen. Weihnachten ist die Zeit für Wiederholung – die Wiederholung ist Teil des Rituals. Nicht die Gemeinde ist gelangweilt von Weihnachten, sondern nur die Programmmacher.

31. Dezember Mein Jahr endet, als Rupert mich zu einem der Gesundheitszentren in Cambridge bringt, das zum Impfzentrum umgerüstet wurde. Keiner von uns weiß, wo es genau liegt, doch an der Zahl der Achtzigjährigen und ihrer Begleitpersonen, die alle mit dem gleichen Ziel von der Kentish Town Road abbiegen, können wir ablesen, dass es nicht mehr weit ist. Unglücklich, dass auf Englisch sowohl der Krankheitserreger als auch das Mittel dagegen mit V anfangen. Mit sechsundachtzig (so entschuldige ich mich) bringe ich sie im Kopf durcheinander. Als ich also an die Reihe komme, sage ich, ich sei für das Virus da und nicht für das Vakzin. Rupert darf nicht mit hinein, und ich marschiere zügig durch eine Reihe Warteräume, bis ich ins Impfzimmer gelange. Es ist recht viel los, aber es bleibt ruhig, angesichts der Anwesenheit so vieler älterer Patientinnen und Patienten ist es besonders auffällig, dass so wenig gegrummelt und geschimpft wird. Wenig überraschend scheinen alle guter Stimmung zu sein. Meine einzige Beschwerde ist, dass es vernünftiger wäre, meinen Partner ebenfalls zu impfen, da ich den Lockdown mit ihm verbringe. Andererseits sind auch nicht alle im Impfzentrum Beschäftigten geimpft.

18. Januar 2021 Ich trage mehr oder weniger den gleichen Aufzug, seit die ganze Sache angefangen hat, und variiere bei zunehmender Kälte nur die Dicke meiner Pullover. Ein Grund dafür ist der Wille, nicht den Umständen zu weichen, und es erinnert mich an meine Mitrekruten im »Russischkurs« beim Militärdienst im Jahr 1953. Es war eine sehr entspannte Einheit, wir mussten außer bei zeremoniellen Anlässen keine Uniform tragen, bekamen stattdessen Zivilkleidung zugeteilt und durften auch unsere eigene Kleidung tragen. Ein Kollege verweigerte diese angenehmere Option und bestand darauf, die Armeekleidung anzulegen, weil er meinte, die eigenen Sachen anzuziehen hieße, dem Militär etwas zu geben – die Abnutzung der eigenen Kleider –, worauf es keinen Anspruch habe. Das militärische Zivil hatte eine schlechte Passform, war kratzig und unattraktiv und stammte aus einem Lager in Woking – »Ein Sakko aus Woking ist noch lange kein Smoking« lautete einer unserer Kabarettverse aus jener Zeit.

4. Februar Ich wünschte, ich hätte mein Gejammer über Arthritis mit Erinnerungen an meinen Großonkel Norris aufgeheitert, die zwar schon in meinen früheren Memoiren vorkommen, aber deshalb nicht schlechter geworden sind. Onkel Norris war der Bruder meines Großvaters Peel und von Beruf Wein- und Spirituosenhändler. Er beschloss sein Leben im Stafford House, einem Altenheim in Halifax, und zwar sehr vergnügt, denn er war überzeugt (und ließ keine Gelegenheit aus, es allen mitzuteilen), sehr bald Millionär zu werden. Warum? Weil er, Norris Peel, das Heilmittel gegen Arthritis entdeckt habe, und sobald sich die

Kunde verbreitet habe, werde eine Arthritis-Stiftung in Amerika ihm ihr gesamtes Budget überschreiben. Seine Methode bestand darin, von den Strümpfen die Füße abzuschneiden und sie als Wadenwärmer zu tragen. Da er selbst es so betrieben und nie an Arthritis gelitten hatte, musste es ein Mittel dagegen sein. Er hatte an zahlreiche Honoratioren seiner Zeit geschrieben, um ihnen die frohe Kunde mitzuteilen – eine bunt gemischte Runde: Winston Churchill, den Musiker Alberto Semprini, den Schauspieler Wilfred Pickles, den Sänger Val Doonican – und zeigte gern einen Stapel der wohlmeinenden Antworten, darunter von einigen Randmitgliedern der Königsfamilie. »Er ist plemplem«, pflegte Dad zu sagen und meinte, »er ist verrückt«, aber auf jeden Fall machte es ihn glücklich.

27. Februar Die Haare werden ein Problem. Als Kinder bekamen mein Bruder und ich die Haare von Mr Shaw geschnitten, dem Herrenfriseur auf dem Moor Top in Armley, Leeds. Das war sehr ermüdend nach der Schule, wenn es immer voll war im Salon. Mr Shaw, der eine Glatze hatte, ließ sich nie herab, mit uns Kindern zu reden, aber wir waren ohnehin völlig versunken in Zeitschriften wie *Everybody's Weekly*, die *Picture Post* und gelegentlich sogar *Lilliput*. Als wir in Headingley lebten, war es Mr Oddy in der Shire Oak Street, noch so ein schweigsamer Glatzkopf, aber mit edleren Zeitschriften, vor allem *Britannia* und *Eve*, bemerkenswert wegen der Illustrationen mit barbusigen Damen, die Streitwagen lenkten – der Qualitätspornografie, die Fortunino Matanias Markenzeichen war. Mein Vater ließ sich die Haare in derselben Einkaufspassage in Meanwood schneiden, in der sein

Fleischerladen lag, allerdings nie zur Zufriedenheit meiner Mutter, die stets meinte, er käme »wie ein geschruppter Hahn« vom Friseur. Sie meinte wie ein gerupftes Huhn und hatte keine Bange, ihr *cock* könne irgendwie missverstanden werden.

Mein Friseur heute ist mein Partner, der zwar behauptet, meine Haarpracht zu bewundern, mich aber hinterher wie einen dunkelblonden Hitler aussehen lässt. Er fragt außerdem, ob er die abgeschnittenen Haare haben könne, falls sich auf eBay ein Käufer dafür finde.

11. März Es sollte nicht in Vergessenheit geraten, dass eine der ersten Amtshandlungen unseres aktuellen Premierministers – mit der üblichen Voraussicht und seinem tadellosen Urteilsvermögen – die Reise zu Präsident Trump war, den er dann gleich über den Atlantik holte, um Ihre Majestät die Queen zu treffen. Und dass es der inzwischen oft beschimpfte Parlamentssprecher John Bercow war, der jeden Gedanken daran, Trump könne zu den beiden Häusern des Parlaments sprechen, im Keim erstickte. Sein Lohn dafür war die Verweigerung der üblichen Erhebung in den Adelsstand nach der Pensionierung durch den Premier, der stattdessen zig Millionäre ins *House of Lords* beförderte, die alle an seine Tories gespendet hatten. Und so machen wir weiter.

Die Heimfahrt

Jetzt, im Herbst 2021, haben wir unsere Gewohnheiten von vor dem Lockdown wieder aufgenommen, fahren mit dem Zug von King's Cross nach Leeds und nehmen an beiden Bahnhöfen den Rollstuhldienst in Anspruch. Ein vorbildliches Angebot, freundlich, fröhlich und manchmal haarsträubend ausgeführt, weil man so schnell geschoben wird. Heute steht im Reisezentrum in Leeds aus unerfindlichen Gründen ein lebensgroßer Dinosaurier, der den Schwanz hin und her schwingt und laute, auf Verdauungsstörung hindeutende Rülpser von sich gibt. Das Mittagessen wird direkt vor dem Bahnhof im *Sous Le Nez* eingenommen, einer gemütlichen Brasserie an der Quebec Street, in die wir inzwischen seit zehn Jahren gehen und die zum Glück ihre Zwangsschließung überlebt hat. Tisch 25. Natürlich Fish & Chips. Rein und wieder raus in 45 Minuten, woraufhin wir Richtung Norden nach Hause fahren.

Von Leeds heißt es immer, man käme leicht aus der Stadt heraus, was kein großes Kompliment ist, aber wahr, und ich betreibe das schon mein halbes Leben. In meinem Fernsehspiel *Sunset Across the Bay* von 1975 zieht ein Paar für den Ruhestand von Leeds nach Morecambe und winkt der Stadt zum Abschied mit den Worten: »Lebwohl, schmuddeliges Leeds!« Das stimmte 1975, aber heute nicht mehr – auch wenn zu viel zerstört wurde, ist es immerhin sauber, und am Horizont sieht man grüne Wiesen, wo früher enge Reihenhaussiedlungen standen.

Inzwischen sitzt immer Rupert am Steuer, und wie bei Guermantes und Combray (oder eher nicht) gibt es verschiedene Routen zur Auswahl, aktueller Favorit ist die Burley Road oberhalb von Kirkstall. Zur Linken auf der anderen Talseite steht der Kirchturm von St Bartholomew, wo meine Eltern getraut wurden, und etwas weiter der Turm der Christ Church in Armley, wo ich zur Kindergruppe ging, die damals »little school« genannt wurde. Aber jetzt müssen wir die St Ann's Lane hinauffahren, eine etwas heikle Straße, wo gerade mal zwei Autos nebeneinander passen. Heute hat jemand (vermutlich nachdem er eine ordentliche Schramme abgekriegt hat) eine sauber vervielfältigte Mitteilung an einem Laternenmast angebracht: »Dumme dünne Straße«. Die Wortwahl »dünne« anstelle von »schmale« macht es besonders drollig.

Wenn die Rhinos ein Rugbymatch haben, ist hier alles vollgeparkt, wir fahren den Queensway Drive hinauf, vorbei an einer langen Ladenzeile, zu der auch der Friseursalon *Scissor's Palace* gehört. Auch ein Geschäft für Second-Hand-Möbel gibt es hier, und da sprachspielerischer Erfindungsreichtum ausschließlich Friseuren eigen ist, heißt er schlicht *Take Another Look*. Der Laden stellt seine Ware oft draußen vor der Tür aus. Wir träumen manchmal davon, hier eines Tages einen William-Kent-Stuhl oder irgendwas von Chippendale zu entdecken, aber in all den Jahren, die wir hier schon vorbeifahren, haben wir nie angehalten, um danach Ausschau zu halten.

Weiter geht es, wir biegen rechts ab in die Spen Lane, vorbei an dem Haus, in dem einst Mr Fletcher wohnte, der Musiklehrer meiner Schule, ein früher Fan von Sibelius, der einmal nach Finnland eingeladen war, um ihn kennenzulernen, doch die Schulbehörde gab ihm dafür keinen Urlaub. Dann nach links auf den West Park Drive, an dem Tolkien irgendwo sein Haus hatte, was heute vielleicht nicht mehr ganz so ein Wallfahrtsort ist wie früher. Das bringt uns zur Otley Road und zum Standort meiner alten Schule, der Leeds Modern, auch ein Opfer der Zerstörungsleidenschaft meiner Heimatstadt. Der Nachfolgebau erinnert ein wenig an einen kleinen Provinzflughafen. Die große Ausfallstraße führt vorbei am vornehmen Vorort Lawnswood mit seinem Krematorium, in dem ich als Student in den Ferien gearbeitet habe (allerdings nur als Gärtner, nicht am Ofen). Hinter Lawnswood kommt theoretisch … und bis vor Kurzem auch praktisch … der Grüngürtel, der inzwischen aber leider stark angeknabbert ist, denn zwischen Lawnswood und Bramhope ist praktisch alles zugebaut. In Bramhope leben die Brüder Brownlee, die olympische Medaillen im Triathlon gewonnen haben (und nach denen ein Pub benannt ist) sowie früher (und vielleicht immer noch) Saddam Husseins Schwester (nach der kein Pub benannt ist). Und hier, gleich hinter der nächsten Straßenbiegung, bekommt man eine erste Ahnung vom Wharfedale und dem Anfang der Yorkshire Dales.

Früher hielten wir auf dieser Fahrt viel öfter an als heute, sie wurde aufgelockert durch eine ganze Reihe von Antiquitätenhändlern und Trödelläden. In Otley gab es nie viele davon, allerdings war dort ein Pub nach mir benannt, wenn auch nur einen Monat lang.

Ilkley hatte zwei oder drei gute Geschäfte, wo man ein Schnäppchen finden konnte, aber die sind längst verschwunden. In Ilkley haben wir 1984 *A Private Function (Magere Zeiten)* gedreht, und die Schlachterei in Ben Rhydding, wo im Film der Schlachter (gespielt von Don Estelle) wegen des Verkaufs von Pferdefleisch auffliegt, existiert heute noch und verkauft mittlerweile, so nehme ich an, bessere Qualität.

In der Hauptsaison ist die A65 eine belebte Straße, wobei ein Teil des Verkehrs in Richtung Burnsall und Upper Wharfedale strömt und der Rest weiter zum Lake District will. Außerhalb der Saison oder abends biegen wir manchmal zur Bolton Abbey ab, ebenfalls ein Drehort von *A Private Function.* Im Winter ist es dort leer, an Sommerabenden entdeckt man gelegentlich einen Reiher beim Fischfang nahe den Trittsteinen, die durch den Fluss führen. Dann weiter nach Draughton, wo in jüngerer Zeit eine Vase mit stets frischen Blumen an der Straße einen Unfallort markierte, woraus Mike Harding ein Gedicht machte, das wiederum mich zu dem neuen Talking-Heads-Monolog *Der Schrein* inspirierte. Wir umfahren Skipton und durchfahren Gargrave (wo es noch zwei Antiquitätenhändler gibt), und in Coniston Cold überqueren wir John Carr's Bridge über den Fluss Aire, der hier noch so klar und frisch von Malham herabfließt wie in Charles Kingsleys *Die Wasserkinder.* Der erste Blick auf den Gipfel von Ingleborough ist immer eindrucksvoll, bestiegen habe ich ihn dennoch nur ein einziges Mal, als Soldat im Sonderurlaub zur Krönung der Queen im Juni 1953. Im Dunkeln und ohne Straßenlaternen fallen einem bei der Heimkehr als Erstes die Sterne auf, und wie hoch das Wasser im Bach steht. Meine

Eltern sind 1966 aus Leeds hierhergezogen und waren sehr glücklich, man erinnert sich immer noch an sie. »Ist mir egal, wie berühmt Sie sind«, sagte der Kohlenhändler. »An Ihren Vater werden Sie nie ranreichen.«

Alan Bennett, 1934 in Leeds geboren, wurde bekannt durch seine TV-Comedy-Revue *Beyond the Fringe*. Er ist einer der populärsten britischen Dramatiker. Neben zahlreichen Theaterstücken und seinen Arbeiten für Fernsehen und Rundfunk schreibt Bennett auch Prosa, unter anderem den beliebten Erfolgstitel *Die souveräne Leserin*. Außerdem lieferbar: *Drei daneben*, *Zum Tee*, *Die Lady im Lieferwagen*, *Alan Bennett geht ins Museum*, *Così fan tutte* und viele mehr.

Alan Bennett bei Wagenbach

Così fan tutte Eine Geschichte

Mit allen Finessen der Ironie erzählt Bennett die Geschichte eines englischen Middleclass-Ehepaars, das vom Opernbesuch nach Hause kommt und seine Wohnung vollkommen leer vorfindet. Mit dem Verlust der gediegenen Einrichtung beginnt für sie ein neues, weniger weich gepolstertes Leben.

Aus dem Englischen von Brigitte Heinrich
SVLTO. Rotes Leinen. Fadengeheftet. 120 Seiten

Drei daneben

Alan Bennetts großartige neue Monologe in der Tradition der legendären »Talking Heads« wurden sofort begeistert aufgenommen und schwungvoll ins Deutsche übersetzt.

Aus dem Englischen von Ingo Herzke
SVLTO. Rotes Leinen. Fadengeheftet. 120 Seiten

Alan Bennett geht ins Museum

Alan Bennett liebt die Kunst. Aber ob die Kunst ihn liebt, so wie er über sie spricht, ist ungewiss.

Aus dem Englischen von Ingo Herzke
SVLTO. Rotes Leinen. Fadengeheftet. 144 Seiten
mit vielen Abbildungen

Die Lady im Lieferwagen

Alan Bennett liefert Einblicke in den oftmals skurril anmutenden Alltag unserer Nachbarn auf den britischen Inseln – und in sein eigenes Leben. Mit Maggie Smith in der Hauptrolle auch verfilmt.

Aus dem Englischen von Ingo Herzke
SVLTO. Rotes Leinen. Fadengeheftet. 144 Seiten

Ein Kräcker unterm Kanapee

Muttersöhnchen und Stubenhocker in den Wechseljahren, frustrierte Ehefrauen und Softpornodarstellerinnen, übereifrige Briefeschreiberinnen und trauernde Witwen – Bennett schöpft aus dem Vollen. Die spinnen, die Briten …

Aus dem Englischen von Ingo Herzke
SVLTO. Rotes Leinen. Fadengeheftet. 144 Seiten

Miss Fozzard findet ihre Füße

Der alltägliche Kampf um den besten Platz in der Kantine, Tragödien hinter Ligusterhecken und Intrigen in der Auslegewaren-Abteilung: Bennetts britische Helden sind uns näher, als wir denken.

Aus dem Englischen von Ingo Herzke
SVLTO. Rotes Leinen. Fadengeheftet. 144 Seiten

Schweinkram Zwei unziemliche Geschichten

Prüde Briten? Alan Bennett blickt durchs Schlüsselloch und offenbart Erstaunliches über das Privatleben unserer Nachbarn auf der Insel.

Aus dem Englischen von Ingo Herzke
SVLTO. Rotes Leinen. Fadengeheftet. 144 Seiten

Der souveräne Leser

Alan Bennett ist ein begnadeter Schriftsteller, aber auch ein passionierter Leser. Mit dezidierten Meinungen: voll des Lobs für seine Lieblinge, voll des Spotts für manch überschätzten Autor.

Aus dem Englischen von Ingo Herzke
SVLTO. Rotes Leinen. Fadengeheftet. 144 Seiten

Die souveräne Leserin

Eine Liebeserklärung an die Queen und an die Literatur; wer hätte gedacht, dass das zusammenpasst?!

Aus dem Englischen von Ingo Herzke
SVLTO. Rotes Leinen. Fadengeheftet. 120 Seiten

Vatertage Beziehungsgeschichten

Auch Väter haben ihre Tage: Der Vater von Mr. Midgley triumphiert noch über sein Ende hinaus, der Vater von Mr. Bennett dagegen übertreibt seine Menschenscheu am Ende nun wirklich.

SVLTO. Rotes Leinen. Fadengeheftet. 96 Seiten
Aus dem Englischen von Ingo Herzke

Handauflegen Kurzroman

Wieder nimmt Bennett die britische Gesellschaft aufs Korn: Diesmal sorgt der unzeitgemäße Tod eines ihrer Lieblinge für Angst und Schrecken unter den Reichen und Schönen Londons.

Aus dem Englischen von Ingo Herzke
WAT 606. Broschiert. 96 Seiten

Zum Tee

Alan Bennett schleicht in die vermeintlich heilen kleinbürgerlichen Wohnzimmer, in deren Szenerien sich neben einigen Schrullen auch waschechte Bösartigkeiten offenbaren.

Aus dem Englischen von Ingo Herzke
DaCapo. Steifbroschur. 80 Seiten

See you later erschien im Herbst 2025
als 289. *SVLTO.*

Die englischen Originalausgaben, auf denen dieses Buch basiert, erschienen 2022 unter dem Titel *House Arrest* und 2024 unter dem Titel *Killing Time* bei Faber & Faber und Profile Books in London.

Emser Straße 40/41, 10719 Berlin
www.wagenbach.de mail@wagenbach.de

Covergestaltung Julie August unter Verwendung einer Fotografie (public domain). Gesetzt aus der Franklin Antiqua. Leinen von Gebr. Schabert, Strullendorf Vorsatzmaterial von peyer cover gmbh, Leonberg Gedruckt und gebunden bei Beltz Grafische Betriebe, Bad Langensalza. Printed in Germany

ISBN 978 3 8031 1388 7